REBIRTH ACE 리버스 에이스

REBIRTH ACE 리버스 에이스 8

한승현 장편 소설

초판 1쇄 찍은 날 | 2017년 4월 7일
초판 1쇄 펴낸 날 | 2017년 4월 14일

지은이 | 한승현
펴낸이 | 예경원

기획 | 위시북스
편집책임 | 박우진
편집 | 이즈플러스

펴낸곳 | 예원북스
등록번호 | 제396-2012-000132호
등록일자 | 2012. 7. 25
KFN | 제1-086호

주소 | 경기도 고양시 일산동구 호수로 646-24 위너스21 II 빌딩 206A호 (우)10401
전화 | 031-819-9431 팩스 | 031-817-9432
E-mail | yewonbooks@naver.com

ISBN 979-11-6098-126-1 04810
      979-11-5845-486-9 (set)

※ 파본은 구입하신 서점에서 교환하여 드립니다.
※ 저자와 협의하여 인지를 붙이지 않습니다.
※ 이 책은 예원북스와 저작자의 계약에 의해 출판된 것이므로 무단 전재 및 유포, 공유를
   금합니다.
※ 이 도서의 국립중앙도서관 출판시도서목록(CIP)은 서지정보유통지원시스템 홈페이지
   (http://seoji.nl.go.kr)와 국가자료공동목록시스템(http://www.nl.go.kr/kolisnet)에서
   이용하실 수 있습니다.

REBIRTH ACE

리버스 에이스

WISHBOOKS MODERN FANTASY STORY

한승현 장편소설

8

기록의 사나이

CONTENTS

41장
인연의 굴레

1

올 시즌 서부 리그 판세를 놓고 야구 전문가들은 다이노스의 강세 속에 스톰즈와 베어스가 포스트 시즌에 진출할 가능성이 높다고 전망했다.

그러면서도 정규 시즌 1위는 대부분의 전문가가 다이노스를 꼽았다.

베어스가 1위 자리를 빼앗을 가능성은 남겨두면서도 스톰즈의 리그 우승에 대해서는 하나같이 회의적인 반응이었다.

가장 큰 이유는 리그 평균 이하의 타력이었다.

리그 정상급 3루수인 최준이 가세하긴 했지만 2018시즌

형편없던 팀 타율을 감안했을 때 상승폭이 크지 않을 것이라는 예측이 주를 이뤘다.

거기에 에이스인 한정훈이 작년만큼의 성적을 내기 어려울 것이라는 점이 또 다른 감점 요인으로 꼽혔다.

물론 20승은 무난할 것이라는 평가가 많았지만 만에 하나 한정훈의 승수 쌓기에 제동이 걸린다면 스톰즈도 그만큼 힘들어질 수밖에 없었다.

하지만 올스타 브레이크를 앞둔 현재, 야구 전문가들의 전망은 믿을 게 못 된다는 사실이 또다시 입증이 되고 있었다.

〈2019 프로야구 서부 리그 중간 순위 07/14〉

1. 안양 스톰즈 61승 39패 0.610
2. 창원 다이노스 60승 1무 39패 0.606 0.5/0.5
3. 대구 라이온즈 52승 2무 48패 0.520 9.0/8.5
4. 부산 자이언츠 51승 2무 50패 0.505 10.5/1.5
5. 서울 베어스 51승 2무 51패 0.500 11.0/0.5
6. 고양 히어로즈 44승 1무 56패 0.440 17.5/6.5

4개월 가까이 1위를 고수하던 다이노스가 자이언츠에 3연패를 당하며 서부 리그 순위표에 지각 변동이 일어났다.

시리즈를 스윕한 자이언츠는 베어스를 반 게임 차로 밀어

내고 4위로 올라섰다.

반면 전반기 내내 라이온즈와 3위 싸움을 벌이던 베어스는 5위로 추락하며 체면을 구겨야 했다.

전통의 강호 베어스의 추락은 상당한 이변이었다.

아직 포스트 시즌 진출 가능성이 완전히 사라진 것은 아니지만 위닝 시리즈와 루징 시리즈를 반복하는 베어스의 행보를 감안했을 때 라이온즈와의 경기 차이를 만회하기란 쉽지 않아 보였다.

그러나 정작 야구팬들의 관심은 다른 곳을 향해 있었다.

시즌 초반부터 지금까지 1위 자리를 지켜왔던 다이노스가 스톰즈와 순위를 맞바꾼 것이다.

타이거즈와의 3연전을 위닝 시리즈로 마무리하며 스톰즈는 다이노스와의 게임 차이를 단숨에 뒤집어버렸다.

비록 반 게임 차에 불과했지만 1위할 전력은 아니라는 전문가들의 예상을 뒤엎고 처음으로 서부 리그 순위표 가장 윗자리에 이름을 올린 것이다.

└이러다 스톰즈 우승하는 거 아니냐?

└우승은 개뿔. 막판 대진 운이 좋은 거잖아. 후반기 일정은 다이노스가 유리하다고.

└그래도 스톰즈를 까는 건 아니지. 현재 리그 최고 승률이잖아.

ㄴ지금까지 대부분 위닝 시리즈였으니까. 이 기세가 마지막까지 이어지면 우승도 불가능한 건 아니지.

　야구팬들은 스톰즈의 반등을 우연으로 여기지 않았다.

　그만큼 올 시즌 스톰즈가 보여준 전력은 기대 이상으로 탄탄하기만 했다.

　특히나 타자들의 활약은 팬들조차 혀를 내두르게 만들었다.

　4번 타자 최준이 중심을 잡아주고 5번 작 피터슨과 3번 루데스 마르티네즈가 쉴 새 없이 장타를 때려내면서 스톰즈는 다이노스 타선에 버금가는 파괴력을 갖추게 됐다.

　거기에 신인 선수들의 성장도 두드러졌다.

　황철민은 전반기에만 20개의 홈런을 때려냈고 박기완도 목표였던 20개의 홈런을 향해 순항하고 있었다.

　공형빈은 3할 후반대의 출루율과 38개의 도루로 선두 타자 역할을 충실히 해냈다.

　덕분에 스톰즈의 공격 지표도 대부분 리그 상위권을 휩쓸고 있었다.

　하지만 야구팬들이 생각하는 스톰즈 돌풍의 가장 큰 이유는 따로 있었다.

　ㄴ솔직히 한정훈 없었음 1위도 불가능했지.

ㄴ맞아. 아직 50경기도 넘게 남았는데 17승이 말이 되냐?

ㄴ초반에 각 팀 에이스들 전부 잡아낸 거 보고 진심 소름 돋았다.

ㄴ한정훈이야말로 진짜 AOA지.

ㄴAOA? 무슨 걸그룹 이름이냐?

ㄴ붕신아. 에이스 오브 에이스. 다른 에이스들하고는 격이 다른 진짜 에이스라고.

에이스 한정훈의 활약은 올 시즌에도 계속됐다.

19경기에 등판해 17승을 챙기며 스톰즈 전체 승리의 28퍼센트를 홀로 책임졌다.

뿐만 아니라 평균 자책점 0.72, 탈삼진 195개를 기록하며 작년에 이어 올해도 서부 리그 다승과 평균 자책점, 탈삼진 부분 1위를 내달리고 있었다.

2년 차 징크스를 예상했던 전문가들은 한정훈의 기록에 다들 할 말을 잃어버렸다.

역대급 시즌이라 불렸던 작년보다 모든 면에서 뛰어난 성적을 거두고 있는 한정훈의 한계를 운운한다는 게 부끄러워진 것이다.

이 추세가 시즌 막판까지 이어진다면 작년에 이어 올해도 한정훈 천하가 될 가능성이 높아 보였다.

그렇다고 한정훈의 올 시즌이 완벽했던 건 아니었다.

작년보다 업그레이드된 건 분명했지만 옥에 티가 있었다.

바로 5월, 이글스전에서 나왔던 패전이었다.

대전 원정 경기에 선발 등판했던 한정훈은 이글스 강타선을 상대로 7회까지 피안타 1개만을 내주며 완벽한 피칭을 이어갔다.

스톰즈 타자들이 이글스의 새로운 외국인 투수 카를로스 라이든의 공에 적응하지 못하고 빈공에 시달리며 전광판은 0의 행진을 이어갔지만 피칭 내용만 놓고 봤을 때 한정훈의 승리가 예상되는 상황이었다.

그런데 이글스 더그아웃에서 투수를 교체하면서 사단이 났다.

카를로스 라이든에 이어 마운드에 오른 송운범의 초구가 황철민의 머리를 맞춰 버린 것이다.

헬멧 윗부분에 공이 스치며 큰 부상은 면했지만 황철민은 곧바로 경기에서 빠져 근처 병원으로 후송됐다.

그리고 규정에 따라 송운범은 퇴장을 당했다.

그러자 이글스 김성은 감독이 더그아웃에서 나와 강하게 어필했다.

누가 봐도 손에서 빠진 공을 가지고 즉시 퇴장을 시킨 건 너무하다는 것이었다.

그러나 명백한 규정을 두고 항의를 하는 김성은 감독의 의도야 뻔한 것이었다.

김성은 감독의 항의는 이글스 불펜에서 투수가 몸을 다 풀었다는 사인이 나오고서야 끝이 났다.

김성은 감독의 시간 끌기 덕분에 이글스는 후속 타자들을 잡아내고 이닝을 끝마칠 수 있었다.

문제는 그 과정에서 황철민의 빈볼에 대한 미안함이 전혀 느껴지지 않았다는 것이다.

8회 말, 굳은 얼굴로 마운드에 오른 한정훈은 선두 타자 김태윤의 몸 쪽으로 곧장 빈볼을 내던졌다.

홈 플레이트에 바짝 붙어 있던 김태윤은 악 소리를 내며 그 자리에 주저앉았다.

마지막 순간 몸을 비튼 덕분에 엉덩이 윗부분을 가격당하긴 했지만 한정훈의 포심 패스트볼에 담긴 위력은 한동안 김태윤을 일어서지도 못하게 만들었다.

이글스 팬들은 팀의 4번 타자가 빈볼에 당했다는 사실에 격분했다.

그리고 그라운드 안으로 온갖 오물들을 내던졌다.

이글스 구단에서 장내 방송을 통해 진정해 줄 것을 요청했지만 이글스 팬들의 분노는 쉽사리 가라앉지 않았다.

분위기가 점점 험악해지자 로이스터 감독은 직접 마운드에 올라 한정훈을 끌어내렸다.

그리고 뒤이어 마운드에 오른 불펜 투수가 연속 안타를 허용하며 2실점 하고 말았다.

9회 초 스톰즈 타자들이 1점을 만회했지만 팀의 패배를 막지 못했다.

최종 스코어 2 대 1.

자신이 남겨둔 주자가 홈을 밟으며 한정훈은 시즌 첫 패전의 멍에를 쓰게 됐다.

한정훈을 상대로 첫 승리를 빼앗았지만 결과적으로 이글스는 웃지 못했다.

에이스의 분노로부터 촉발된 스톰즈의 매서운 반격에 남은 3경기를 내리 패배하며 홈에서 첫 루징 시리즈를 기록한 것이다.

게다가 빈볼 이후에도 휴식 없이 출전을 강행하던 김태윤이 뒤늦게 허리 통증을 호소하면서 전력에서 이탈하는 악재가 이어졌다.

근 한 달간 계속된 4번 타자의 부재로 인해 이글스는 결국 와이번스에게 동부 리그 1위 자리를 내주고 말았다.

그리고 아직까지도 2위에 머무르고 있었다.

덕분에 적잖은 이글스 팬이 한정훈 안티로 돌아선 상황이었다.

가뜩이나 류현신과 비교되는 것에 불만이 많았는데 한정훈의 빈볼로 인해 팀 성적까지 떨어졌으니 더는 좋게 봐 주기가 어려운 것이다.

└그래도 한정훈 올 시즌에는 투수 4관왕 힘들지 않을까?

└맞아. 9승 무패 투수만 3명인데 셋 중 하나만 10승 넘겨도 승률왕은 날아갈걸?

└진짜 이글스전 재수 없게 패전투수 된 거잖아. 손톱 끝이 깨져 가지고 마운드에서 내려갔으니까.

└븅신아 그 말을 믿냐? 그거 한정훈이 열 받아서 빈볼 던지니까 로 감독이 끌어내린 거야.

└아니거든? 손톱 깨졌다고 기사 떴거든?

└그건 스톰즈 구단에서 한정훈 이미지 관리한 거고. 덕분에 김태윤 한 달간 결장한 거 생각하면 아직도 깊은 빡침이 밀려든다.

└그거야말로 이글스 구단이 선수 관리 잘못해서 생긴 일이다.

└맞아. 김태윤 쉬고 싶다는 거 감독이 억지로 출전시켜서 허리 삔 거잖아.

└어쨌든 한정훈이 빈볼을 던져서 생긴 일이잖아!

└그렇게 따지면 이글스에서 먼저 빈볼을 던진 게 문제지. 송운범은 헤드 샷 아니었냐?

└그거 손에서 빠진 거라고 기사 났거든?

└송운범 더그아웃에서 실실 웃는 거 중계 화면에 다 잡혔는데 개풀 뜯어먹는 소리 할래?

└그건 원래 송운범이 웃상이라 그런 거거든? 전화로 사

과까지 했다고 방송에 나왔는데 어그로 작작 끌지?

　ㄴ와, 이글스 팬들 피해자 코스프레 쩐다. 쩔어. 먼저 맞 춰놓고 한정훈만 나쁜 놈 만드네.

5월의 빈볼 논란은 아직까지도 수많은 야구 커뮤니티에서 불쏘시개로 활용되고 있었다.

　그때마다 이글스 팬들은 자신들이 피해자라고 주장했다.

　그러나 다른 야구팬들의 반응은 달랐다.

　빈볼이야 서로 주고받은 것이고 황철민 역시 뇌진탕으로 10경기 넘게 결장했던 만큼 피장파장이라는 것이다.

　그보다는 빈볼 때문에 1패를 뒤집어쓰고 2년 연속 투수 4 관왕이 불투명해진 한정훈이 더 큰 피해자라는 의견이 많 았다.

　ㄴ진짜 그런 점에서 한정훈은 용자다.

　ㄴ맞아. 지난번 퍼펙트게임도 그렇고. 이글스전 패전도 그 렇고. 앞장서서 그러는 거 쉽지 않을 텐데.

　ㄴ나 아는 사람이 그러는데 그거 선배들이 시켜서 하는 거 라던데?

　ㄴ그럼 한정훈이 맞추고 싶어서 맞추겠냐? 다 눈치 보고 하는 거지.

　ㄴ그래도 서로 사과하고 좋게좋게 넘어가는 경기에서는

안 그러잖아.

ㄴ그거야 당연하지. 서로 사과하고 넘어갔는데 빈볼 던지면 그건 정신 감정 좀 받아봐야 하지 않겠냐?

대부분의 야구팬은 한정훈의 빈볼 대응을 충분히 이해한다는 반응이었다.

그러나 한정훈을 메인 광고 모델로 세운 회사들의 입장은 달랐다.

"한정훈 선수 연관 검색어에서 빈볼이 떠나질 않는데요."

"하아, 큰일이네. 그렇다고 잘하는 선수 찾아가서 따질 수도 없는 노릇이고."

연이은 빈볼 사태로 인해 한정훈의 이미지는 작년에 비해 다소 부정적으로 변한 상태였다.

작년 시즌은 신사다운 플레이를 펼쳤다면 올 시즌은 싸움꾼 같은 느낌이었다.

먼저 싸움을 걸지는 않았지만 시비가 붙으면 인정사정 봐주지 않고 응징하려 들었다.

그렇다고 해서 모델로서의 한정훈의 가치까지 함께 떨어진 것은 아니었다.

작년을 뛰어넘는 성적을 내고 있는 한정훈보다 더 뜨거운 모델을 찾기란 불가능할 정도였다.

"이대로는 안 돼. 한정훈 선수의 이미지를 쇄신시킬 수 있는 방법을 찾아봐!"

정한그룹은 본사 차원에서 한정훈 이미지 관리 프로젝트 팀을 가동시켰다.

그리고 그 첫 번째 계획이 베이스 볼 61을 통해 한정훈에게 전해졌다.

"봉사 활동이요?"

"네, 특별히 어려운 건 아니고요. 정한 병원에 위로차 방문하는 정도로 보입니다."

박찬영 대표는 봉사 활동 계획에 긍정적인 반응을 보였다.

그렇지 않아도 한정훈의 이미지 케어에 대한 필요성을 느끼던 차에 정한그룹에서 먼저 자리를 마련해 줬으니 마다할 이유가 없다고 판단한 것이다.

하지만 한정훈은 갑작스러운 제안이 달갑지 않았다.

사회적인 물의를 일으킨 것도 아닌데 이미지 관리가 필요한 이유도 납득하기 어려웠다.

"시즌 중인데 꼭 이래야 해요?"

한정훈이 불만스러운 표정을 지었다.

시즌이 끝난 상황도 아닌데 일부러 시간을 내서 보여주기식 봉사 활동에 나서고 싶진 않았다.

그러나 시즌이 끝난다 하더라도 한정훈이 봉사 활동을 할 만한 여건은 되지 않았다.

"시즌 후 기초 군사 훈련을 받아야 하니까 뭔가를 하실 시간은 없을 것 같습니다. 그리고 정한그룹 측에서 한정훈 선수를 위해 마련한 자리인데 무조건 거절하는 것도 예의는 아닌 것 같습니다."

박찬영 대표의 목소리가 진지하게 변했다.

지금까지 한정훈의 의견을 대부분 존중해 왔지만 이번 봉사 활동만큼은 에이전트로서 양보할 수가 없었다.

"무슨 말씀인지는 알겠는데 제가 간다고 위로가 될까요?"

한정훈이 슬쩍 말을 돌렸다.

이미지 관리도 좋지만 뜬금없이 병원에 찾아가 환자들을 위로한다고 해서 대중들이 무조건 좋게 봐 줄 것 같지는 않았다.

그러자 박찬영 대표가 걱정할 것 없다며 웃어 보였다.

"작년에 새롭게 창단된 신생 고교야구팀이 있습니다. 정릉고등학교라고 강원도 소재 팀인데 1, 2학년을 통틀어 등록 선수가 열세 명밖에 되지 않는다고 합니다."

"열세 명이요? 그 정도로는 리그 참가가 어렵지 않나요?"

"네, 한정훈 선수가 말씀하신 것처럼 등록 선수가 최소 18명은 되어야 리그 출전이 가능하기 때문에 전국 대회 출전은 요원한 상황이었습니다. 그런데 정릉고등학교의 사정을 안 주최 측에서 특별 초청팀으로 대회에 초빙하면서 첫 전국 대회 참가가 가능해졌습니다. 선수들도 기적이 일어났다며 하나같이 기뻐했고요. 하지만 서울에 막 진입하던 과정에서 버스가 사고가 나면서 선수 전원이 부상을 당했다고 합니다."

"아……."

"부상 정도가 심하진 않았지만 정릉고등학교 측에서는 선수들의 회복이 최우선이라고 판단해 대회 출전을 포기했습니다. 그리고 현재 선수들은 스톰즈 장학 재단을 통해 후원하던 정한그룹 산하 정한 병원에서 무료로 치료를 받고 있다고 합니다."

"다행이네요."

"하지만 선수들이 느끼는 아쉬움은 클 수밖에 없겠죠. 그래서 스톰즈 재단에서 한정훈 선수와 정릉고 선수들의 만남을 추진한 겁니다. 다른 걸 떠나 대한민국 최고의 선수가 방문해 준다면 정릉고 선수들도 다시 기운을 낼 테니까요."

"그런 일이라면야……."

한정훈이 마지못해 고개를 끄덕거렸다.

시즌 중에는 인터넷을 거의 하지 않아서 처음 듣는 이야기였지만 만약 정말로 갑작스러운 사고로 실의에 빠져 있는 고교 선수들을 위로하는 것이라면 자신에게도 뜻깊은 일이 될 것 같았다.

"올스타전과 너무 겹치면 모양새가 좋지 않기 때문에 최대한 서두르는 게 좋을 것 같습니다."

한정훈의 승낙을 받아낸 박찬영 대표는 곧바로 박현수 단장과 일정을 의논했다.

그리고 이틀 후로 방문 일정을 잡아버렸다.

"제가 따로 준비할 건 없나요?"

"네, 표면적으로는 비공식 일정인 만큼 마음 편하게 다녀오시면 될 것 같습니다."

이틀 후.

한정훈은 가벼운 마음으로 정한 병원을 찾았다.

처음에는 선수들이 좋아할 만한 선물을 챙겨 가려 했지만 괜히 선물 공세로 보일지 모른다는 박찬영 대표의 의견을 받아들여 음료수 두 상자만 챙겨 들었다.

"헉! 대박!"

"진짜 한정훈 선수 맞아요?"

"완전 팬이에요!"

한정훈이 병실에 나타나자 병실이 소란스러워졌다.

일부 선수들이 내지른 환호성에 옆 병실에서 조용히 해달라는 항의가 나올 정도였다.

"다른 환자들이 들으면 여자 아이돌이라도 온 줄 알겠다."

마치 위문 공연을 온 여자 아이돌을 대하는 것 같은 환대에 한정훈도 절로 기분이 좋아졌다.

덕분에 한정훈도 이미지 관리라는 부담감에서 벗어나 편하게 선수들과 어울릴 수 있었다.

"정훈이 형, 궁금한 거 물어봐도 돼요?"

"쓸모 있는 건 물어봐. 쓸데없는 건 묻지 말고."

"형, 여자 친구 있어요?"

"있으면 너희들하고 이러고 있겠냐?"

"왜요? 형이 어디가 어때서요? 키도 크고 야구도 잘하고……."

"잘생겼다는 소리는 죽어도 안 나오냐?"

"에이, 형. 인간적으로 잘생긴 건 아니잖아요."

"짜식이? 네가 지금 형 얼굴 지적질 할 페이스냐?"

한정훈과 선수들은 야외로 자리를 옮겨 이야기꽃을 피웠다.

한정훈을 발견한 팬들이 우르르 몰려들었지만 사전에 배치된 경호원들의 통제 덕분에 즐거운 시간을 방해받지 않았다.

"그런데 열세 명이라더니 한 명은 어디 있냐?"

한참 동안 즐겁게 떠들어 대던 한정훈이 궁금한 얼굴로 물었다.

그러자 선수들의 표정이 동시에 어두워졌다.

"지훈이는 좀 많이 다쳐서요."

"지훈이? 이름이 지훈이야?"

"네, 성지훈이라고 우리 학교 에이스인데…… 어쩌면 앞으로 공을 못 던질지도 모른데요."

순간 한정훈의 표정이 굳어졌다.

부상으로 투수 생명이 끝날지도 모른다는 울먹거림 때문

만은 아니었다.

그 선수의 이름이 너무나도 낯익었기 때문이다.

'성지훈? 설마 내가 알고 있는 그 성지훈?'

한정훈은 재빨리 기억 속 성지훈에 대한 정보를 더듬었다. 그러나 뾰족하게 생각나는 게 많지 않았다.

확실한 건 자신보다 두 살 어렸다는 것.

그리고 고등학교 때 사고로 야구를 그만뒀다는 것.

'혹시 모르니까 한 번 봐야겠어.'

한정훈은 선수들에게 물어 성지훈의 병실을 찾았다.

그러다 병실을 나서는 누군가와 마주치고는 그대로 굳어 버렸다.

큰 키, 늘씬한 몸매, 고양이 같이 날카로운 눈매.

성현주.

다소 앳돼 보였지만 자신을 한눈에 반하게 만들었던 매력적인 그 여자가 틀림없었다.

"어, 한정훈 선수 아니에요?"

한정훈을 발견한 성현주가 놀란 표정을 지었다.

설마하니 이런 곳에서 대한민국 최고의 투수로 우뚝 선 한정훈을 만나리라고는 생각지도 못한 얼굴이었다.

그러나 한정훈이 느낀 충격은 그보다 더 컸다.

'뭐, 뭐야. 왜 날 알아보는데!'

한정훈은 자신도 모르게 한 발 뒤로 물러섰다.

기억에도 없던 앳된 성현주와 한 공간에 있다는 것만으로도 놀라운 일인데 먼저 알아보고 말까지 걸어주니 어찌 대처해야 할지 판단이 서질 않았다.

그때였다.

"누나! 한정훈 선수가 나 보러 온다는⋯⋯!"

병실 문이 벌컥 열리더니 체격 좋은 고등학생 하나가 상기된 얼굴로 뛰쳐나왔다.

'허⋯⋯. 맞네. 처남.'

귀신이라도 본 것처럼 입을 쩍 벌리는 고등학생의 모습은 성현주만큼이나 앳돼 보였다.

그러나 전체적인 이미지는 한정훈이 알고 있던 성지훈과 너무도 닮아 있었다.

'미치겠네.'

한정훈은 그제야 성씨 남매와의 재회가 실감이 났다. 하지만 이런 상황이 그저 반갑지만은 않았다.

성현주는 자신을 기러기 아빠로 만들고 외국에 가서 바람을 피우던 아내였다.

그리고 성지훈은 매형 덕 좀 보자며 틈만 나면 돈을 빌리러 오던 철없는 처남이었다.

성씨 남매에 대한 한정훈의 감정은 솔직히 좋은 편이 아니었다.

더 솔직히 말하자면 남보다 못한 사이였다.

지금처럼 서로 감격스러워할 만한 사이는 결코 아니었다.

그러나 한정훈이 과거로 돌아오면서 많은 것이 달라져 있었다.

"일단 안으로 들어오세요."

성현주가 웃으며 한정훈을 병실로 잡아끌었다.

이때부터 눈치가 빨랐는지 성지훈의 단편적인 이야기만으로도 한정훈의 방문 목적을 금세 알아채 버렸다.

"아, 네."

한정훈은 마지못해 병실 안으로 들어갔다.

정릉고 선수들이 미리 연락을 준 모양인데 이제 와서 성지훈을 외면할 수도 없는 노릇이었다.

다른 정릉고 선수들과는 달리 성지훈의 병실은 2인실이었다.

하지만 옆 베드가 비어 있어서 1인실이나 마찬가지였다.

"음료수 좀 드세요."

성지훈을 대신해 성현주가 한정훈에게 음료수를 내밀었다.

그리고는 보란 듯이 예쁘게 머리를 쓸어 넘겼다.

마치 한정훈을 유혹하기라도 하려는 것처럼 말이다.

"자, 잘 마시겠습니다."

한정훈은 자신도 모르게 말을 더듬었다.

언제고 성현주를 만난다면 당당한 모습을 보여주리라 다

짐했는데 예상치도 못했던 시점에서 막상 대면하고 보니 좀처럼 마음이 진정이 되질 않았다.

그때였다.

"누나는 좀 나가 있어. 한정훈 선배님 불편해하시잖아."

성지훈이 흑기사처럼 한정훈과 성현주 사이로 끼어들었다.

"그게 무슨 말이야?"

성현주가 매서운 눈으로 성지훈을 노려봤다.

잘만 하면 한정훈과 좀 더 친근한 관계가 될 수 있었는데 하나뿐인 남동생이 도움은 못 될망정 초를 치니 어이가 없다는 반응이었다.

그러나 성지훈은 자신이 우상처럼 여기던 한정훈이 성현주 때문에 타락하는 모습을 보고 싶지 않았다.

"누나 아까 남자 친구 만나러 간다고 했잖아. 얼른 가. 난 한정훈 선배님하고 이야기하고 있을 테니까."

성지훈이 성현주의 작업에 완벽하게 찬물을 끼얹었다.

덕분에 한정훈도 성현주의 마수에서 벗어나 정신을 차릴 수 있었다.

"남자 친구라니. 그냥 학교 선배라고 했잖아."

성현주가 억울하다는 표정을 지으며 자리에서 일어났다. 그러면서도 한정훈에게만큼은 마지막까지 예쁜 모습을 보여주려 노력했다.

하지만 한정훈의 골수팬이 되어버린 성지훈은 그런 누나의 처절한 몸부림마저 매정하게 외면해 버렸다.

"선배님, 저희 누나 예쁘죠?"

"응? 뭐…… 예쁘시네."

"그래도 관심 갖지 마세요. 선배님한테 어울릴 만한 여자는 아니거든요."

"……?"

"솔직히 제 누나지만 남자관계 엄청 복잡하거든요. 제가 정리 안 된 남자 친구들 만난 적도 많고요. 그러니까 저희 누나보다 훨씬 예쁘고 좋은 여자 만나세요. 그래야 메이저리그 가서도 성공하시죠."

성지훈은 진심으로 한정훈과 성현주가 이어지지 않기를 바랐다. 언감생심 한정훈이 매형이 되길 바랄 수도 있었지만 눈곱만큼의 욕심조차 부리지 않았다.

"짜식."

한정훈은 성지훈이 달리 보였다.

성현주는 예나 지금이나 한결같이 여우였지만 아직 야구를 포기하지 않던 시절의 성지훈은 제법 괜찮은 녀석처럼 느껴졌다.

"그런데 손은 괜찮은 거야?"

한정훈의 시선이 깁스를 한 성지훈의 손으로 향했다.

만약 깁스한 팔의 상태가 심각해 야구를 포기해야 하는 상황이 반복된다면 성지훈의 미래도 암울해질 것 같았다.

그러나 다행히도 성지훈의 표정은 밝았다.

"선생님이 수술 결과는 좋다고 하셨어요. 다행히 신경은 살아 있어서 노력하면 계속 마운드에서 공을 던질 수 있을 것 같아요."

성지훈이 들뜬 목소리로 말했다. 그러면서 뜨거운 눈으로 한정훈을 바라봤다.

"이게 다 선배님 덕분이에요."

"응?"

"선배님 아니었으면…… 저 야구 못 하게 됐을지도 몰라요."

한정훈은 멋쩍게 웃었다.

성지훈이 감정이 복받친 나머지 괜한 말을 한다고 여겼다.

하지만 성지훈의 고백은 빈말이 아니었다.

한정훈이 스톰즈와 계약하고 거액의 후원금을 쾌척하면서 스톰즈 구단에서도 신생 야구부 지원 프로젝트를 진행했다.

그것도 단순히 생색내기용 야구 용품 지원에 머물지 않았다.

운동장 개보수는 물론 정한 병원을 통한 의료 혜택 지원까지 결정했다.

덕분에 사고가 났을 때 정릉고등학교 학생들은 국내에서도 손꼽히는 시설을 자랑하는 정한 병원에 올 수 있었다.

선수 중 유일하게 큰 부상을 입었던 성지훈도 무사히 수술을 마칠 수 있었다.

만약 다른 병원에 갔다면 수술 방법을 놓고 고심하다가 때를 놓쳤겠지만 다행히 정한 병원에는 스포츠 의학과가 별도로 마련되어 있었다.

스포츠 의학과 의사들이 직접 수술을 진행하면서 다친 팔은 물론이거니와 성지훈이 투수로서 다시 마운드에 설 수 있는 가능성까지 함께 되살려 놓은 것이다.

성지훈은 이 모든 게 한정훈의 덕분이라고 여겼다.

한정훈이라는 좋은 선수가 좋은 일을 하지 않았다면 자신이 그 혜택을 받지 못했을 것이라고 확신했다.

"나중에 잘돼서 이 은혜 꼭 갚을게요."

성지훈이 진심 어린 목소리로 말했다.

마음 같아선 혈서라도 쓰고 싶었지만 그건 한정훈이 원치 않을 것 같았다.

"그래, 꼭 갚아라. 알았지?"

한정훈도 피식 웃었다.

다른 걸 떠나 성지훈이 야구 선수로서 성공하는 모습은 한번 지켜보고 싶어졌다.

그렇게 한 시간여 동안 대화를 나누며 한정훈은 성지훈에 대한 지난 앙금들을 털어냈다.

이미 과거로 돌아온 상황에서 아무것도 모르는 성지훈을

상대로 일어나지도 않은 일들을 따질 수는 없는 노릇이었다.

"정말 형이라고 불러도 돼요?"

"그래."

"와, 진짜 정훈이 형. 감사합니다. 애들한테 자랑해야겠어요."

"걔들은 너 보러 오기 전부터 형이라고 불렀어."

"헐……. 그걸 왜 이제 말씀하세요?"

"그야 네가 안 물어봤으니까 그렇지."

"그냥 제가 바보짓 한 거네요."

"어쨌든 다른 거 신경 쓰지 말고 몸부터 추슬러. 마운드에 서겠다는 의지도 좋지만 일단은 완벽하게 회복하는 게 먼저야."

"네, 알겠습니다. 대신 나중에 다 나으면 제 공 봐 주신다는 약속 잊지 마세요."

"그래. 그 약속은 절대 안 잊어버릴 테니까 너도 끝까지 야구 포기하지 않겠다는 약속 지키고."

"그야 물론이죠."

"그 말 믿는다."

한정훈이 격려하듯 성지훈의 어깨를 두드렸다.

성지훈이 자신의 기억과 다른 삶을 살아준다면 누나인 성현주의 인생도 조금은 더 행복해질 것만 같았다.

2

본래 정한그룹의 계획은 이틀 후 선별된 기자들을 통해 한정훈의 봉사 활동과 관련한 기사를 내는 것이었다.

하지만 다음 날 새벽녘부터 각종 포털 사이트에는 한정훈이 정한 병원에 찾아가 정릉고등학교 학생들을 위로했다는 기사들이 쏟아져 나왔다.

출처는 다름 아닌 정릉고등학교 선수들의 SNS였다.

한정훈과는 달리 핸드폰을 손에서 놓지 않던 선수들은 경쟁하듯 자신들의 SNS 계정에 한정훈과 찍은 사진들을 올렸다.

그리고 한정훈과 주고받은 대화들과 감회를 장난스럽게 덧붙였다.

NaJBJR 정릉고 4번 타자 나정봉

한정훈이라는 위대한 투수 앞에서 난 야구 선수도 뭣도 아니었다.

└그걸 이제 알았냐 / 최인석

└정훈 신을 왜 인간계에 끌어들이고 지랄이야 / 김제훈

└정훈이 형이 말했지. 넌 살부터 좀 빼라고 / 조민중

└이 자식들이 오랜만에 진지 빠는데 자꾸 어그로 끌래? / 나정봉

KJHoon11 정릉고등학교 야구 선수 김제훈입니다.

정훈 님께서는 야구인에게 연애는 사치라고 말씀하셨다.

└뼈가 되고 살이 되는 말씀이로다! / 조민중

└정훈이 형처럼 될 수만 있다면 평생 혼자 살 각오가 되어 있다. / 나정봉

└너는 원래 평생 혼자 살 얼굴이었잖아. / 최인석

└너 이 자식! 싸우자! / 나정봉

정릉고등학교 선수들의 지인을 통해 알음알음 퍼져 나가던 이야기는 대형 야구 커뮤니티에 진출하면서 폭발적인 반응을 이끌어 냈다.

[한정훈이 정한 병원에 간 이유……]

조회 수 82,235 댓글 수 3,772 추천 수 42,731 비추천 수 28,313

대부분의 야구 커뮤니티에서 한정훈이라는 이름 석 자는 최소한의 조회 수를 보장해 주는 훌륭한 떡밥이었다.

그런데 마치 한정훈의 일신상에 문제가 생긴 것 같은 게시글이 올랐으니 야구팬들이 달려드는 것도 무리는 아니었다.

다행히도 게시글의 내용은 제목과는 전혀 달랐다.

한정훈이 갑작스러운 사고로 전국 대회 출전을 포기해야

했던 정릉고등학교 학생들을 찾아가 위로해 줬다는 훈훈한 이야기였다.

덕분에 게시자는 게시물 작성 12시간 만에 주간 최다 추천 수, 최다 조회 수, 최다 댓글이라는 주간 트리플 크라운을 달성하는 기염을 토했다.

하지만 그것도 잠시.

└깜짝이야. 시팔. 글 쓴 새끼 뭐냐?

└뭐긴 뭐야. 관심 종자지.

└옜다 비추다.

└근데 비추 10개마다 1일 활동 정지 아니냐?

└ㅋㅋㅋㅋ 현재까지 비추 1000개. 100일 활동 정지 확정

└님들아 비추가 100개 넘어서 제목이 안 바뀌어요. 그러니까 비추 좀 그만 눌러요 ㅠ.ㅠ

└앗! 미안. 추천 누르려다 비추 눌렀네. 내 거 하나 빼렴. ^0^

└2222

└3333

조회 수를 위해 자극적인 제목을 달았다는 죄목으로 비추 천이 쏟아지면서 게시물 삭제와 함께 영구 자격 정지라는 징계를 받아야 했다.

조회 수 10만을 바라보던 인기 글이 갑작스럽게 비활성화

로 전환됐지만 팬들은 동요하지 않았다.

사라진 게시물을 대신해 새로운 양질의 정보들이 올라왔기 때문이다.

ㄴ정릉고 선수들은 완전 계 탔네!
ㄴ한정훈 생각보다 잘…… 생겼는데?
ㄴ사인회 가서 보면 더 잘…… 생겼다. 대신 머리는 좀 큼.
ㄴ야구 잘하게 생긴 두상이다. 까지 마라.
ㄴ한정훈이 후배들을 위해 일부러 앞에서 찍은 거잖아! 라고 이해해 줘라. 좀.

야구팬들은 유난히도 크게 나온 한정훈의 얼굴을 지적하며 즐거워했다.

체격과 각도의 차이는 있겠지만 어느 사진을 보더라도 한정훈의 얼굴이 도드라져 보였다.

물론 한정훈이 이미지 세탁을 하기 위해 괜히 정한 병원에 찾아간 것이라는 비아냥거림도 없지 않았다.

ㄴ딱 보니 주작이네.
ㄴ애들도 불쌍하다. 얼마 받고 저런 거 올릴까?
ㄴ선배랍시고 아픈 애들 찾아가서 거드름 피우는 꼬라지 봐라.

└저래 놓고 경기장에선 선배 옆구리에 빈볼 꽂아 넣지 아마?

올스타 브레이크라곤 해도 바쁜 한정훈이 시간을 쪼개 정한 병원을 찾아갔다는 것부터가 의심을 받을 만한 상황이었다.

하지만 때마침 올라온 성지훈의 SNS 메시지에 한정훈에 대한 부정적인 이야기도 쑥 들어가 버렸다.

SungJiH 정릉고등학교 투수 성지훈
정훈이 형. 오늘 정말 감사했습니다. 야구 포기하지 않겠다는 약속 꼭 지키겠습니다.

성지훈의 SNS를 퍼 온 사람은 성지훈이 정릉고등학교 선수들 중 유일하게 심각한 부상을 당했으며 재기를 장담할 수 없다는 사실을 덧붙였다.

그러면서도 성지훈이 한정훈의 열혈 팬이라는 사실은 특별히 언급하지 않았다.

굳이 설명하지 않아도 성지훈이 그동안 올린 SNS 대부분이 한정훈과 관련된 내용들이었기 때문이다.

└성지훈 진짜 한정훈 광팬이네.

ㄴ보니까 성지훈 위로 차원에서 한정훈이 간 거였네

ㄴ저 정도 팬심이면 은혜 받을 만하지.

ㄴ그런데 얘는 왜 트윈스전 티켓을 토요일 일요일 전부 다 산 거냐? 한정훈 팬이 아니라 트윈스 팬 아냐? 이거 주작 냄새 나는데?

ㄴ주작은 뭔 주작 붕신아. 올스타전 이후로 한정훈이 언제 등판할지 모르니까 일단 다 사놓은 거잖아.

ㄴ맞아. 나도 강현이 등판 일정 헷갈려서 저렇게 산 적 있음

ㄴ꼭 야구장 한 번도 안 가 본 새끼들이 키보드 앞에서 찌질 거리지.

정릉고등학교 선수들의 실시간 SNS 때문에 한정훈의 이미지를 잘 포장해 보겠다던 정한그룹의 계획은 수포로 돌아갔다.

그러나 그 결과는 당초 예상했던 것보다 훨씬 좋았다.

한정훈 같은 최고의 투수가 시즌 중에도 특별히 시간을 내 팬을 찾아가 위로했다는 이야기는 야구팬들의 마음을 움직이기에 충분했다.

거기다 한정훈이 찍은 사진들이 인터넷상에 짤방으로 퍼지면서 누구도 예상치 못했던 코믹스러운 이미지까지 만들어졌다.

"진짜 한정훈 선수는 하늘이 돕고 있는 것 같은 생각마저 듭니다."

"제 생각도 같습니다. 처음에 SNS로 먼저 정보가 새나가서 아차 싶었는데 이렇게 일이 잘 풀릴 줄은 상상도 하지 못했습니다."

"확실히 SNS는 양날의 검이니까요. 조금만 삐끗해도 역풍 맞기 십상인데……."

"그러게 말입니다. 그래서 일부러 SNS 쪽은 제외시켰는데 대두 짤로 빵 터질 줄은 몰랐습니다."

대두 이야기가 나오자 박찬영 대표와 박현수 단장이 동시에 웃음을 터뜨렸다.

기업에서 원하는 이미지와는 다소 거리가 있긴 했지만 부정적인 인상을 희석시킬 수 있다는 점에서 자연스럽게 만들어진 대두 캐릭터가 반가울 수밖에 없었다.

"정한그룹 쪽에서는 뭐라고 하던가요?"

"긍정적으로 보고 있습니다. 솔직하게 말하자면 얻어걸렸다고 좋아하고 있습니다."

"윗선에서 걱정이 많았다고 들었는데 다행입니다."

"솔직히 좀 과한 걱정이긴 했죠. 어쨌든 결과적으로는 한정훈 선수에게도 좋은 일이라고 생각합니다."

"확실히 그동안은 좀 빈틈없는 이미지였으니까요."

"어쩌면 한정훈 선수의 팬층도 상당히 넓어지지 않을까 싶습니다."

박현수 단장은 대두 이미지를 계기로 한정훈의 팬층이 확대될 것이라 전망했다.

지금까지 한정훈의 팬은 남자가 압도적으로 많았다.

훤칠한 체격에 빼어난 실력, 무엇보다 위기에 강한 모습까지.

한정훈은 남성들이 좋아할 만한 매력을 고루 갖추고 있었다.

반면 한정훈을 좋아하는 여성 팬은 손에 꼽을 정도였다.

스톰즈 팬덤 내로 한정을 지어도 마찬가지였다.

스톰즈의 여성 팬은 대부분 이승민이나 공형빈을 선호했다.

한정훈을 함께 응원하긴 하지만 그건 어디까지나 스톰즈의 에이스이기 때문이었다.

여성들에게 있어 잘하는 선수와 좋아하는 선수는 엄연히 다른 부류였다.

그리고 애석하게도 지금까지의 한정훈에게는 여성들이 좋아할 만한 무언가가 부족한 게 사실이었다.

그런데 대두 캐릭터 덕분에 한정훈의 이미지가 친근해지면서 상황은 달라졌다.

박현수 단장의 예상대로 한정훈을 응원하는 피켓을 든 여성 팬이 눈에 띄게 늘어나기 시작한 것이다.

"정훈아, 여성 팬들 조심해라. 너 좋아하는 팬들은 네가 가볍게 던진 한마디에도 자신만의 의미를 부여하는 경우가 많으니까 언행에 각별히 신경 쓰고."

배용수는 한정훈이 여성 팬 때문에 정신을 차리지 못할까 봐 걱정했다.

한창때인 만큼 예쁜 여성 팬들의 관심을 떨쳐 내기란 쉽지 않겠지만 적어도 야구가 본업이라는 사실만큼은 잊지 않기를 바랐다.

"명심할게요."

한정훈도 애써 들뜬 마음을 다잡았다.

남자로서 여성 팬들이 늘어났다는 건 솔직히 기분 좋은 일이었다.

하지만 몇몇 젊은 선수처럼 팬들과 사적으로 연락을 주고받으며 시간을 빼앗기고 싶은 생각은 없었다.

그런 줄도 모르고 성현주는 틈만 나면 한정훈에게 메시지를 보내왔다.

-오늘부터 스톰즈 서울 원정이죠? 괜찮으면 끝나고 술 한잔 할래요? 내 친구들이 정훈 씨 왕팬이거든요.

문자 메시지를 확인한 한정훈이 쓴웃음을 지었다. 바로 내일 경기에 등판이 예정되어 있는데 술이라니. 예나 지금이나 제멋대로인 건 여전했다.

-저 내일 선발 등판입니다.

한정훈이 일부러 퉁명스럽게 답을 보냈다. 그러나 성현주
는 그 사실을 조금도 눈치채지 못했다.

-그럼 내일 콜?

"허……."

한정훈은 그저 헛웃음이 났다. 상식이 있는 사람이라면 미
안하다는 사과나 내일 경기 힘내라는 응원이 먼저일 텐데 제
할 말만 하는 걸 보니 역시나 성현주다웠다.

그때였다.

"또 누구랑 문자질이야?"

언제 나타났는지 이승민이 한정훈의 등 뒤로 고개를 내밀
었다. 그러다 문자 메시지를 보고는 의미심장한 표정을 지
었다.

"정나연? 오~ 이름 예쁜데? 누구야? 연예인?"

이승민은 한정훈이 연애를 한다면 그 상대는 연예인이어
야 한다고 생각했다. 이유는 간단했다. 그래야 다른 연예인
을 소개받을 수 있기 때문이었다.

하지만 각종 예능 프로그램의 출연을 고사한 것으로도 모자라 주변을 통해 들어오는 연예인들의 초대마저 전부 거절하고 있는 한정훈에게 연예인 여자 친구가 생길 리 없었다.

"연예인은 무슨."

"그럼? 설마 팬이야?"

"내가 형인 줄 알아?"

"팬도 아니야? 그럼 누군데?"

"그냥 있어. 아는 사람."

"아는 사람은 개뿔. 사진은 장난 아닌데?"

이승민이 성현주의 프로필 사진을 보고 군침을 흘렸다. 자그마한 원 안에는 운동복 차림을 한 성현주의 육감적인 바디라인이 고스란히 드러나 있었다.

"눈도 좋네."

한정훈이 슬쩍 핸드폰을 뒤집었다. 그러나 이승민은 먹잇감을 발견한 하이에나처럼 한정훈의 옆에서 떨어지려 하지 않았다.

"짜식아, 투수라면 당연히 눈이 좋아야지. 그나저나 진짜 누구야? 전 여친?"

"아무 사이도 아니라니까."

"아무 사이도 아닌데 왜 숨겨? 그리고 네가 아무 사이도 아닌 여자와 톡을 주고받을 놈이냐?"

이승민은 한정훈이 뭔가를 숨기고 있다고 확신했다. 그래서 집요하게 귀찮게 굴었다. 한정훈의 성격상 짜증 나서라도 모든 걸 밝힐 것이라고 여겼다.

하지만 예상외로 한정훈은 끝내 입을 다물었다. 제아무리 절친한 사이라 하더라도 이승민에게 모든 걸 말해줄 수는 없는 노릇이었다.

"두고 봐. 네가 이런다고 내가 못 알아낼 줄 알아?"

살짝 빈정이 상한 이승민이 자신의 핸드폰을 집어 들었다. 그리고 실명으로만 가입이 가능한 스톰즈 홈페이지를 뒤지기 시작했다.

"으이그."

쓸데없이 승부욕이 발동한 이승민을 바라보며 한정훈이 한심스럽다는 표정을 지었다. 그렇다고 이제 와 정나연이 정신 나간 여자의 줄임말이라고 밝히기도 어려웠다. 저러다 제 풀에 지치길 기다리는 게 최선이었다.

그런데…….

"야! 그 정나연이라는 여자. 이 여자 아냐?"

뭔가를 발견한 이승민이 핸드폰을 내밀었다. 놀랍게도 핸드폰에는 문제의 프로필 사진이 큼지막하게 떠올라 있었다.

"뭐야, 이거?"

한정훈이 냉큼 이승민의 핸드폰을 낚아챘다. 처음에는 잘못 봤나 싶었지만 사진 속 주인공은 성현주가 맞았다. 성현주가 홈페이지에 가입한 뒤 가입 인사랍시고 자신의 얼굴이 모자이크된 사진을 올린 것이다.

게다가 팬 인증을 위한 좋아하는 선수를 묻는 질문에 한정훈이라고 정확하게 표기해 놨다. 덕분에 한정훈이라는 검색어에 떡 하고 걸리고 말았다.

"우리 정훈이 능력 있네. 여친 몸매가 아주 보기 좋아~"

이승민이 실실 웃으며 한정훈을 놀려댔다. 얌전한 고양이가 부뚜막에 먼저 올라간다고 야구밖에 모르던 한정훈이 이렇게 핫한 여성 팬과 썸을 탈 줄은 몰랐다는 반응이었다.

그러나 정작 한정훈의 표정은 성현주의 메시지를 받았을 때보다 더 딱딱하게 굳어 있었다.

'넌 이때부터 이랬던 거냐?'

한정훈이 질렸다며 고개를 절레절레 흔들어 댔다. 불현듯 잊고 싶었던 과거의 기억들이 악몽처럼 되살아났다.

과거 성현주를 처음 만났던 건 스물다섯 살 때였다. 트윈스에 입단한 선배 야구 선수의 생일 파티에 갔다가 함께 축하하러 왔던 다른 야구 선배의 옆자리에 앉은 성현주를 보게 됐다.

"내 여친 예쁘지? 침 닦아, 자식들아. 이래봬도 연예인 될 몸이야."

선배는 성현주가 배우 지망생이며 조만간 데뷔를 할 것이라고 자랑을 늘어놓았다. 스물일곱 살의 나이에 아직까지 제대로 된 경력조차 없는 성현주가 정말로 배우가 될 가능성은 턱없이 낮았지만 그 당시 한정훈은 멍한 얼굴로 고개만 주억거렸다. 그간 몇 명의 여자들을 만나왔지만 성현주처럼 눈에 띄게 매력적인 여자는 처음이었다.

"정훈이 너는 지금 여자 친구 없지? 우리 현주한테 잘 보여, 인마. 그럼 너도 연예인급 여자 친구 사귈 수 있을 거다."

선배는 생일 파티 내내 거드름을 피우며 성현주를 자랑했다. 하지만 고작 한 달을 버티지 못하고 성현주에게 차이고 말았다.

이유는 단 한 가지. 성적 부진으로 인해 2군으로 강등됐기 때문이다.

한정훈은 고민 끝에 성현주에게 대시를 하려 했다. 하지만 그보다 먼저 다른 야구 선배가 성현주를 낚아채 버렸다.

그렇게 3년이라는 시간이 지나고서야 한정훈에게도 기회가 찾아왔다. 그리고 그사이 성현주가 만난 야구 선수는 한 손으로 꼽을 수 없을 정도로 많았다.

당연히 성현주에 대한 소문이 좋을 리 없었다. 접근하는 야구 선수도 가벼운 관계만을 원했다. 성현주와 진지하게 연애하려는 이는 한 명도 없었다.

성현주는 그런 현실에 힘들어하며 한정훈에게 기대왔다. 5년 연속 10승 달성에 실패했지만 1군에서 어느 정도 자리를 잡았던 한정훈은 진심으로 성현주를 받아주었다.

이후 3년간의 연애 생활 동안 한정훈은 성현주와 수없는 전쟁을 벌여야 했다. 주된 이유는 성현주의 고집스러운 성격과 자유분방한 사생활. 그리고 남성 편력이었다.

한정훈과 만나면서도 성현주는 보다 나은 남편감을 찾기 위해 쉴 새 없이 주변으로 눈을 돌렸다. 양다리를 걸치다 한정훈에게 들킨 것만 다섯 번이 넘을 정도였다.

그때마다 성현주는 예쁜 여자가 능력 있는 남자를 찾는 건 당연하다고 말했다. 그게 싫으면 헤어지면 그만이라며 눈 하나 까딱하지 않았다.

그러던 게 한정훈이 FA가 되면서 상황이 역전됐다. 예상만큼은 아니었지만 15억이라는 거금을 손에 넣게 된 한정훈에게 성현주가 먼저 청혼을 한 것이다.

한정훈은 성현주의 인생을 구해보자는 심정으로 그녀와 결혼했다. 그리고 얼마 가지 않아 그 결정을 후회했다.

성현주의 인생은 한정훈처럼 평범한 야구 선수가 어찌할 수 있는 게 아니었다. 하지만 그 사실을 깨달았을 때는 이미 아이가 태어난 후였다.

커가는 아이만 바라보며 몇 년을 참고, 다시 기러기 아빠로 몇 년을 참았다. 외국에 나가서도 제 버릇 못 고치고 바람을 피운 성현주와 이혼을 결심하기까지 너무나 오랜 시간이 걸렸다. 그 숨 막히던 시절을 생각하면 지금도 가슴이 답답해질 정도였다.

그런데 스물두 살 때부터 이랬다니. 이건 도저히 답이 없어 보였다.

"그렇게 좋으면 형이 사귀어요."

한정훈이 이승민에게 핸드폰을 돌려주었다. 이승민이라면 그저 제 욕심만 채우려는 야구 선수들보다는 나을 것 같았다.

그러자 이승민이 떨떠름한 표정을 지었다.

"나보고 사귀라고? 네 전 여친을?"

"그런 거 아니라니까요."

"어쨌든…… 썸은 탄 거잖아."

"그냥 톡 몇 번 주고받은 거예요. 지훈이 누나라서요."

"지훈이? 아, 그 네 열혈 팬이라는 그 야구 선수?"

"네, 그래서 그냥 대화 받아준 거니까 신경 쓰지 마요."

한정훈이 딱 잘라 말했다. 농담이 아니라 성현주와 대화를 나누며 단 한 번도 흑심을 품지 않았다.

성현주와의 관계를 모질게 끊지 못한 이유도 간단했다. 한 번 물면 좀처럼 포기하지 않는 성현주의 성격을 누구보다 잘 알고 있기 때문이었다.

대화를 거부하면 성현주는 다른 방법을 통해 접근을 할 것이다. 그리고 그럴수록 다른 사람들에게 오해를 살 가능성이 높았다. 그래서 적당히 대화를 받아준 것뿐이었다.

하지만 이승민의 표정은 별로 달라지지 않았다. 다른 선수도 아니고 대한민국 최고의 투수인 한정훈과 썸을 타던 여자다. 게다가 수많은 남자가 군침을 흘릴 만큼 매력적이기까지 했다. 이런 여자를 고작 자신이 만족시킬 수 있을지 확신이 서지 않았다.

"에이, 자세히 보니까 내 스타일 아니다."

이승민이 애써 고개를 흔들어 댔다. 미련스럽게 핸드폰 화면을 향하던 시선도 억지로 거둬들였다. 괜히 성현주에게 군침을 흘렸다가 한정훈과 사이가 서먹해질지도 모른다는 생각이 번뜩 든 것이다.

"형 원래 섹시한 여자 좋아하잖아요."

한정훈이 어처구니없다는 표정을 지었다. 하지만 이승민은 흔들리지 않았다.

"나, 난 됐으니까 저기 기완이나 소개시켜 줘라."

이승민이 저만치 다가오는 박기완을 끌어들였다.

"뭘 소개시켜 줘? 혹시 여자냐?"

한창 피 끓는 청춘인 박기완이 기다렸다는 듯이 관심을 보였다.

하지만 그것도 잠시.

"응, 여자야. 엄청 섹시해."

"오! 그런데 왜 나한테 넘겨?"

"응? 그야 정훈이가 썸 타던 여자니까?"

"저, 정훈이하고 썸을 탔다고?"

이승민의 부연 설명에 박기완의 표정도 당혹스럽게 변했다.

"거 참, 썸 탄 거 아니라니까요. 형도 지훈이 알죠? 걔 친누나예요."

한정훈은 박기완의 오해를 풀려고 노력했다. 이승민만큼이나 박기완도 괜찮은 남자였다. 성현주의 성격을 감당할 수 있을지에 대해서는 확신하기 어렵지만 진심도 없이 성현주의 외모만 보고 접근할 놈들보다야 백번 나았다.

하지만 박기완도 한정훈의 썸녀를 건드릴 용기는 없었다.

"며, 몇 살인데?"

"스물둘이요."

"크흠, 그럼 연상이잖아? 나 연상 딱 질색인데."

박기완이 그럴듯한 핑계를 대며 뒷걸음질을 쳤다. 그리고는 냉큼 이승민을 끌고 구석으로 향했다.

"뭐야? 뭐가 어떻게 된 거야?"

"그게…… 나도 확실히는 모르겠는데 지훈이 누나가 정훈이한테 대쉬하나 봐."

"그래?"

"근데 정훈이 놈이 좀 깐깐해야지."

"그야 당연한 거 아니냐? 정훈이 좋다는 여자 연예인이 얼마나 많은데."

"어쨌든, 내가 슬쩍 관심을 보이니까 정훈이 녀석이 마음

있으면 사귀라잖아."

"와, 정훈이 저 자식. 그렇게 안 봤는데 나쁜 남자였네."

"나쁜 남자고 자시고 간에 다른 녀석이 그렇게 여자 소개 시켜 줬으면 감사합니다 하고 연락처 받았겠지만……. 정훈이 썸녀랑 어떻게 만나냐?"

"못 만나지. 못 만나. 아마 어지간한 야구 선수들은 엄두도 못 낼걸?"

"내 말이 그 말이야. 그러니까 정훈이하고 관련된 여자다 싶으면 관심 끄자고."

"그래. 차라리 그게 맘 편하겠다."

한정훈과의 돈독한 우정을 유지하기 위해 스톰즈의 간판 늑대 두 마리가 은밀히 밀약을 맺었다. 그리고 그 사실이 알음알음 다른 선수들에게도 퍼져 나갔다.

"야, 정훈이 정보 있음 형한테도 미리 알려줘라."

"형도요?"

"그럼, 인마. 정훈이 하고 얼굴 붉혀서 좋을 게 뭐가 있어."

"에이, 형은 그 정도 비주얼은 아닌데요."

어느새 스톰즈 선수들 사이에 단체 채팅방까지 만들어졌다. 그리고 한정훈과 알게 모르게 관계된 여자들의 정보를 공유하며 조심할 것을 다짐했다.

하지만 그 사실을 알지 못하는 성현주는 제 버릇 개 못 주고 한정훈의 주변 선수들에게도 추파를 던졌다. 정공법이 통하지 않으니 한정훈의 주변을 공략해 질투심을 유발하겠다는 계획이었다.

"이 정도 사진이면 분명 관심을 보이겠지?"

선수들의 환심을 사기 위해 성현주는 프로필 사진을 더욱 과감하게 바꿨다. 사진첩에도 젊음과 섹시함으로 무장한 사진들을 대거 올렸다.

그러나 정작 돌아오는 반응은 성현주의 예상을 완전히 벗어났다.

-저 한정훈 선수하고 별로 안 친합니다.
-저 결혼할 여자 있는데요.
-미안합니다. 제 타입이 아니시네요.
-저 서른 살까지 연애할 생각 없습니다.

"뭐야? 스톰즈 선수들 전부 고자야?"

성현주가 잔뜩 미간을 찌푸렸다. 그렇게 돈 많은 야구 선수에게 시집 가 팔자를 고쳐 보겠다던 그녀의 계획이 삐거덕거리기 시작했다.

42장
킬러 본색

1

올스타 브레이크를 맞아 전문가들은 서부 리그를 다음과
같이 전망했다.

[스톰즈의 약진은 계속되겠지만 다이노스가 결국 리그 1위를 차
지할 것이다.]

[포스트 시즌 막차를 타는 건 베어스. 후반기부터 기세가 살아
날 것이다.]

전문가들의 예상을 증명하듯 다이노스와 베어스는 올스타

전 이후 연승을 거듭하며 순위를 끌어 올렸다.

스톰즈와 반 경기 차를 유지하던 다이노스는 7월 말 스톰즈와의 4연전에서 위닝 시리즈를 가져가며 단숨에 순위를 뒤바꾸었다. 베어스는 한술 더 떴다. 스톰즈와 와이번스, 타이거즈를 상대로 3연속 시리즈 스윕에 성공하며 라이온즈를 밀어내고 3위 자리를 탈환했다.

상승세의 원동력은 바로 타선 폭발이었다. 올스타 브레이크 직전 침묵에 빠졌던 방망이가 약속이나 한 것처럼 올스타전 이후로 매섭게 타오르면서 투수들의 어깨를 가볍게 만들어준 것이다.

하지만 전국적인 장마가 시작되면서 두 팀의 뜨거웠던 방망이는 급격히 식어버렸다.

비단 다이노스와 베어스만의 상황이 아니었다. 투수력보다 타력에 의해 승리를 챙기던 팀들은 동반 슬럼프에 빠져들었다.

반면 투수력이 앞선 팀들의 사정은 달랐다. 타자들의 컨디션은 엉망이었지만 투수들이 짠물 피칭을 이어가면서 승리를 챙겨 나갔다.

다이노스에게 1위 자리를 빼앗겼던 스톰즈는 장마 기간 무패 행진을 이어가며 2주 만에 다시 선두로 올라섰다. 라이온즈도 마찬가지. 한 점 차 승부에 강한 팀컬러를 앞세워 베어스가 움켜쥐려던 포스트시즌 티켓을 냉큼 가로채 버렸다.

그렇게 정규 시즌 일정이 80퍼센트 정도 소화됐을 때 서부 리그 순위는 올스타 브레이크 직전으로 되돌아가 버렸다.

〈2019 프로야구 서부 리그 중간 순위 10/9〉

1. 안양 스톰즈 75승 49패 0.605
2. 창원 다이노스 71승 1무 52패 0.577 3.5/3.5
3. 대구 라이온즈 65승 3무 58패 0.528 9.5/6.0
4. 부산 자이언츠 62승 3무 60패 0.508 12.0/8.5
5. 서울 베어스 62승 2무 62패 0.500 13.0/1.0
6. 고양 히어로즈 54승 1무 70패 0.435 21.0/8.0

스톰즈와 다이노스의 경기 차이가 3경기 반 차이로 벌어지면서 전문가들도 스톰즈가 서부 리그 우승을 차지할 가능성을 언급하기 시작했다.

─여전히 다이노스의 뒷심을 무시하긴 어렵지만 이대로만 나간다면 스톰즈도 충분히 자력 우승이 가능할 것 같습니다.
─기대 이상으로 투타 밸런스가 좋아졌습니다. 특히나 한 정훈 선수가 너무나 잘해주고 있습니다.
─최준 선수가 중심을 잘 잡아준 것도 전력 안정화에 큰 도움이 됐다고 생각합니다.

팀 간 잔여 경기가 30경기 정도 남은 시점에서 3.5게임 차이는 상당히 컸다. 실제 현장에서는 3경기 차이를 따라잡기까지 한 달이 걸린다고 말할 정도였다. 그 계산대로라면 다이노스가 스톰즈를 끌어내리고 선두 자리를 탈환하기란 쉽지 않아 보였다. 그럼에도 다이노스를 여전히 리그 우승 1순위로 두는 건 자타공인 최강의 전력을 갖추었기 때문이다.

－결국 추석 전 4연전이 분수령이 되겠죠.

－제 생각도 같습니다. 4연전을 사이좋게 나눠 가진다면 스톰즈가 유리하겠지만 다이노스가 최소 위닝 시리즈 이상 챙겨간다면 막판 분위기는 어찌 될지 장담하기 어렵습니다.

－한정훈 선수의 등판 여부가 중요하다고 봅니다. 일정대로라면 4연전을 피해 등판하게 되겠지만 로이스터 감독이 최근 고생한 한정훈 선수에게 하루 정도 휴식일을 주겠다고 했으니까요.

－만약 한정훈 선수가 다이노스와의 4연전에 등판하게 되면 다이노스의 계산도 복잡해질 수밖에 없습니다. 한정훈 선수가 나오는 경기는 포기하고 가는 게 현명할 텐데 그렇게 되면 나머지 경기를 전부 잡아도 경기 차이를 따라잡기가 쉽지 않으니까요.

전문가들이 언급하지 않더라도 추석 직전 벌어지는 다이

노스와 스톰즈의 창원 4연전은 서부 리그 순위를 결정짓는 최고의 빅 매치로 기대를 모으고 있었다. 이 4연전을 위해 다이노스는 일찌감치 주요 선발들의 등판 일정을 조정했다. 그리고 1, 2, 3, 4선발을 전부 쏟아붓는 강수를 두었다.

이에 맞서 로이스터 감독도 이탈 없이 시즌을 버텨준 선발진에게 특별 휴가를 주었다. 바로 직전 스타즈와의 경기에 2군 투수를 연달아 올려 선발 일정을 이틀이나 미뤄 버린 것이다.

당초 3, 4, 5, 6선발 등판 예정이던 4연전이 한정훈을 필두로 한 1, 2, 3, 4선발 등판으로 바뀌었다. 서부 리그 우승을 놓고 스톰즈와 다이노스가 총력전을 펼치게 된 것이다.

상황이 이렇게 되자 다이노스는 고민에 빠졌다.

다이노스가 원하는 최고의 그림은 다이노스의 1, 2, 3, 4선발이 스톰즈의 3, 4, 5, 1선발과 맞붙는 것이었다. 스톰즈의 투수들 중 다이노스에 강한 건 한정훈과 마크 레이토스뿐이었다. 나머지 투수들은 다이노스전에서 재미를 보지 못했다.

테너 제이슨
3차전(H) 6이닝 4실점 패배
10차전(H) 6이닝 3실점 노 디시전

강현승

4차전(H) 6이닝 4실점 노 디시전

5차전(A) 4이닝 7실점 패배

브렛 라이더

6차전(A) 4이닝 4실점 노 디시전

배용수

7차전(A) 5이닝 2실점 승리

한정훈에 이어 20승 달성이 유력한 테너 제이슨은 다이노스만 만나면 휘청거렸다. 두 경기 1패. 평균 자책점은 5.25에 달했다.

차세대 에이스라 불리는 강현승은 다이노스 원정 경기에서 시즌 최다 실점이라는 악몽을 꿨다. 신입 외국인 투수 브렛 라이더도 마찬가지. 5이닝도 채우지 못하고 강판당한 경기는 다이노스전이 유일했다.

그나마 후순위 선발 중에서는 배용수가 제 몫을 해냈다. 하지만 체력적인 문제로 인해 긴 이닝을 끌고 가는 데 한계가 있었다.

만약 당초 예상대로 스톰즈에서 테너 제이슨-강현승-브렛 라이더를 선발로 내세웠다면 다이노스에게 유리한 그림이 그려졌을 것이다. 최소 2승. 최대 3승. 목표대로 3승을 거둘 경우 마지막 경기에 배용수 대신 한정훈이 등판하더라도 부담이 적었다. 지더라도 위닝 시리즈고 만에 하나 이기게 된다면 곧바로 스톰즈에 몇 배의 충격을 안겨줄 수 있었다.

하지만 로이스터 감독이 이틀이나 투수 로테이션을 밀어 버리면서 모든 게 꼬여 버렸다.

"우레아스의 등판을 미뤄야 하지 않을까요?"

"제 생각도 같습니다. 한정훈이 가뜩이나 컨디션이 좋은데 무리해서 우레아스와 맞붙일 이유는 없어 보입니다."

코치들은 한목소리로 투수 등판 일정을 재조정해야 한다고 말했다. 한정훈을 상대로 필승 카드인 훌리오 우레아스를 쓰는 건 낭비라는 의견이 지배적이었다.

"흠……."

김영문 감독도 심적으로는 코치들의 의견에 공감했다. 그러나 한 번 조정한 등판 일정을 또다시 바꾼다는 게 말처럼 간단한 일은 아니었다.

특히나 훌리오 우레아스는 예민한 투수였다. 등판 일정이 하루만 미뤄져도 컨디션 조절에 애를 먹었다. 괜히 한정훈을 피한답시고 등판 일정을 미뤘다가 한 경기 내줄 걸 두 경기 내주게 될지도 몰랐다.

"이미 언론에도 공지가 된 만큼 이대로 밀어붙입시다."

김영문 감독이 어렵게 결정을 내렸다. 그렇게 4연전의 첫 머리를 장식할 빅 매치가 이루어졌다.

[한정훈 vs 훌리오 우레아스 리턴 매치!]
[훌리오 우레아스, 이번에는 기필코 한정훈을 이기겠다 선언!]
[스톰즈 킬러 훌리오 우레아스, 한정훈의 연승 기록 저지할 것인가.]

언론들은 앞다투어 한정훈과 훌리오 우레아스의 맞대결 소식을 전했다. 야구팬들도 서부 리그 최고의 에이스 맞대결에 흥분을 감추지 못했다.

ㄴ우레아스 : 이번에야말로 서부 리그 최고의 투수를 가리자!
ㄴ가리긴 뭘 가려? 지난 경기는 한정훈이 이기지 않았나?
ㄴ정확하게 말해 지난 경기는 한정훈의 판정승이었지. 게다가 스톰즈 홈경기였고. 우레아스가 9회까지 던졌으면 경기 어떻게 됐을지 모름.
ㄴ그놈의 만약에 타령은. 우레아스가 8회까지 무실점 호투한 건 사실이지만 9회까지 버틴 한정훈이 더 강한 게 당연한 거 아냐?
ㄴ맞아. 강한 놈이 살아남는 게 아니라 살아남는 놈이 강한 거다.

ㄴ영화 명대사 드립 치지 마라. 한정훈은 강해서 살아남은 거야.

ㄴㅋㅋㅋ 이게 정답.

한정훈과 홀리오 우레아스의 첫 번째 맞대결은 한정훈의 승리로 돌아갔다. 홀리오 우레아스가 내려간 직후 최준의 결승 솔로포가 터지면서 9회까지 마운드를 지킨 한정훈이 완봉승을 챙겨갔다.

하지만 그 경기만으로 한정훈이 홀리오 우레아스를 꺾었다고 여기는 야구팬은 많지 않았다.

물론 그렇다고 해서 이 경기가 팽팽할 거라고 보는 야구팬도 드물었다.

ㄴ홀리오 우레아스도 역대급 용병인 건 분명해.

ㄴ맞아. 만약에 작년에 우레아스 데려왔으면 다이노스가 코시 우승했을걸?

ㄴ하지만 실력 면에서는 한정훈이 한 수 위지.

ㄴ나불대지 말고 기다려라. 한정훈이 다이노스 개박살 낼테니까.

대부분의 야구팬은 한정훈의 승리를 점쳤다. 홀리오 우레아스가 다이노스 팬들 사이에 역대급 용병이라 불리고 있긴 하지만 역대급 투수 반열에 올라선 한정훈과 비교하긴 무리라는 의견이 많았다.

다이노스 팬들조차 팽팽한 투수전을 예상하는 게 최선이었다.

└아직 포기하긴 일러! 우레아스가 9회까지만 버텨주면 해볼 만해.

└맞아. 로이스터 감독이 어지간해서는 한정훈 무리시키지 않을 테니까.

└양심적으로 9회까지 0 대 0이면 한정훈 내리겠지.

└진짜 그랬으면 좋겠다. 이번 4연전 스윕해야 해!

└하아, 떨려서 잠이 안 온다. 이러다 직관 가서 심장마비오는 거 아닌가 모르겠다.

└난 벌써부터 청심환 씹고 있다.

다이노스 팬들은 훌리오 우레아스가 최대한 버텨주기만을 바랐다. 반면 스톰즈 팬들은 다른 이유로 한정훈의 승리를 염원했다.

-한정훈 선수, 투수 최다 연승 신기록 기원합니다!

-불세출의 투수 한정훈! 22연승 가자!

스톰즈 홈페이지 게시판은 한정훈의 투수 최다 연승 신기록 이야기로 가득했다.

기존의 최다 연승은 유니콘즈 왕조를 이끌었던 정인태가 세운 21연승. 2년에 걸친 대기록으로 세계 신기록이기도 했다.

4월 이글스전에서 패전의 멍에를 쓴 이후 출전한 21경기에서 한정훈은 전승을 기록했다. 21연승. 지난 등판으로 정인태의 최다 연승 기록과 타이를 이루었다.

이 상황에서 연승이 끊긴다 하더라도 최다 연승 기록의 주인공은 한정훈으로 바뀔 가능성이 높았다. 하지만 스톰즈 팬들은 공동이 아니라 한정훈의 이름만이 유일하게 기록되기를 바랐다. 그런 의미에서 이번 다이노스전은 결코 물러설 수 없는 경기였다.

[4연전을 스윕해서 서부 리그 우승을 탈환해야 하는 다이노스.]
[한정훈의 22연승 기록 달성과 리그 선두 수성이 걸린 스톰즈.]

만원 관중이 들어찬 신축 창원 야구장에서 운명의 첫 경기가 시작됐다.

-다이노스의 선발투수는 훌리오 우레아스 선수입니다.
-에릭 헤이커 선수를 대신해 영입된 선수인데요. 구단에

서 거금을 투자한 만큼 제 역할을 톡톡히 해주고 있습니다.

해설진의 소개와 함께 중계 카메라가 마운드에서 연습 투구를 던지는 훌리오 우레아스를 잡았다. 오늘 경기를 손꼽아 기다려 왔다는 인터뷰 내용이 거짓이 아닌 듯 훌리오 우레아스의 얼굴은 벌써부터 상기되어 있었다.

-훌리오 우레아스 선수. 오늘 경기 전까지 26경기에 등판해 16승 6패, 평균 자책점 2.13을 기록하고 있습니다.
-서부 리그 다승과 평균 자책점 부분 공동 3위죠?
-그렇습니다. 그리고 177개의 탈삼진을 잡아내면서 이 부분은 리그 2위에 올라 있습니다.

훌리오 우레아스의 영상 밑으로 어마어마한 기록표가 떠올랐다.
다승 3위. 평균자책점 3위. 탈삼진 2위.
한국 무대 데뷔 시즌 성적인 걸 감안하면 이보다 더 좋을 순 없을 것 같았다.
그러나 경기를 지켜보는 다이노스 팬들은 마음을 놓지 못했다. 훌리오 우레아스의 맞상대가 다름 아닌 한정훈이기 때문이었다.
"1회 조심해야 하는데."

"하아, 진짜 제발 1회만 버티자."

두 손을 모은 채 간절히 기도하는 다이노스 팬들의 모습이 중계 카메라에 심심찮게 잡혀 들었다. 그러자 민한기 해설위원이 냉큼 그 이유를 설명했다.

─훌리오 우레아스 선수는 경기 초반에 실점률이 높은 편입니다. 특히 1회에 실점이 많은데요. 1회를 무실점으로 넘긴 경기는 대부분 나무랄 데 없는 피칭을 선보였습니다.

─다이노스 팬들에게는 1회 실점 여부가 무엇보다 중요하겠는데요?

─아무래도 그럴 수밖에 없겠죠. 특히나 스톰즈 선발이 한정훈 선수니까요.

한정훈은 작년에 이어 올해도 0점대 평균 자책점을 유지하고 있었다. 반면 훌리오 우레아스의 평균 자책점은 2점대 초반이었다. 단순히 산술적으로만 계산했을 때 훌리오 우레아스가 먼저 실점을 한다면 다이노스가 승리할 가능성도 사라지고 만다.

그러나 다행히도 훌리오 우레아스의 컨디션은 좋았다.

"스트라이크, 아웃!"

공 3개로 선두 타자 공형빈을 삼진으로 돌려세운 뒤 2번 타자 에릭 나를 2구 만에 유격수 앞 땅볼로 처리했다. 3번 타자 루데스 마르티네즈에게 8구까지 던지며 살짝 흔들렸지만 결국 외야 플라이로 유도하며 이닝을 마쳤다.

투구 수는 단 13개.

훌리오 우레아스의 1회 평균 투구 수가 22구인 걸 감안했을 때 나무랄 데 없는 완벽한 피칭이었다.

"우레아스!"

"우레아스!"

당당히 마운드를 내려가는 훌리오 우레아스를 향해 다이노스 관중들이 목이 찢어져라 함성을 내질렀다. 훌리오 우레아스가 1회를 깔끔하게 넘긴 만큼 오늘 경기도 해볼 만하다는 확신이 든 것이다.

그러나 그 확신이 불안함으로 바뀌기까지는 그리 오랜 시간이 걸리지 않았다.

−스톰즈의 에이스, 한정훈 선수가 마운드에 오릅니다.

−명실공히 대한민국 최고의 투수입니다. 기록적인 부분은 굳이 말씀드릴 필요가 없을 것 같습니다.

−하하. 그래도 시청자들을 위해 간략하게 소개해 드리자면…… 그냥 모든 부분 1위를 달리고 있습니다.

−참고로 서부 리그에 국한된 성적이 아닙니다. 동부 리그 투수를 전부 끌어와도 한정훈 선수의 순위는 변동이 없습니다.

해설진의 극찬 속에 한정훈이 느긋하게 로진 백을 두드렸다.

툭툭.

새하얀 가루가 한정훈의 손등을 타고 번져 나갔다.

"후……!"

한정훈은 로진 가루를 입으로 힘껏 불어냈다. 그사이 1번 타자 박인우가 타석 쪽으로 다가왔다.

작년 시즌 1번 타자로 활약했던 펠릭스 피에르가 일본으로 건너가면서 2번 타순으로 밀렸던 박인우가 다시 1번으로 복귀했다.

그 덕분인지 작년 시즌 2할 7푼대에 머물렀던 타율이 올 시즌 3할 1푼대로 4푼이나 높아진 상황이었다.

자연스럽게 타석에 들어선 박인우의 얼굴에는 자신감이 넘쳐 있었다.

-박인우 선수. 올 시즌 한정훈 선수 상대로 아직 안타가 없습니다. 4타수 무안타인데요.

-한정훈 선수가 이번이 두 번째 등판이니까요. 표본이 좀 적죠?

-작년 기록까지 통틀어도 15타수 1안타인데요.

-작년에는 2번 타자로 출장한 탓에 성적이 좀 저조했습니다만 올 시즌은 확실히 예년의 모습을 되찾았으니까요. 무엇

보다 다이노스에게는 정말 중요한 4연전이지 않습니까? 선두 타자로서 쉽게 물러나지는 않을 것이라고 생각합니다.

해설진의 기대만큼이나 다이노스 팬들도 박인우가 한 건 해주길 바랐다. 다이노스가 한정훈을 상대로 별 재미를 보지 못하는 가장 큰 이유 중에 하나가 테이블 세터의 부진에 있었기 때문이다.

"인우야! 뭐라도 좋으니까 1루 한 번 밟자!"

"번트 대! 번트! 삼진만 당하지 마라!"

다이노스 팬들의 함성 소리가 경기장을 왕왕 울렸다.

척.

박인우는 헬멧을 단단하게 고쳐 썼다. 한정훈의 빠른 공을 잡기 위해서는 평소보다 빠르게 방망이를 휘둘러야 했다. 그 과정에서 헬멧이 들리기라도 한다면 타격에 지장이 생길 수 있었다.

'오늘은 쉽지 않을 거다.'

박인우가 매서운 눈으로 한정훈을 바라봤다. 요 며칠 한정훈을 공략하기 위해 이호진 타격 코치와 특훈을 마다하지 않았다. 비디오 분석도 철저하게 한 만큼 지난 경기처럼 맥없이 물러나지는 않을 것이라 확신했다.

그런 박인우를 상대로 박기완이 요구한 초구는 몸 쪽을 파고드는 커터였다.

한정훈은 가볍게 고개를 끄덕거렸다. 프로 7년 차에 들어섰지만 박인우는 아직까지 몸 쪽 공에 약점을 가졌다. 그래서 투수들이 몸 쪽 공을 쉽게 던지지 못하도록 홈 플레이트 쪽에 바짝 붙어 타격 자세를 취했다.

제구에 자신이 없는 투수라면 쉽게 몸 쪽 승부를 가져가기가 어려웠다. 타자를 맞추지 않으려고 의식하다 공이 가운데로 몰리면 박인우의 방망이가 여지없이 돌아 나왔기 때문이다.

하지만 한정훈은 몸 쪽 코스를 좁힌 박인우가 별로 부담스럽지 않았다. 오히려 그게 허점처럼 느껴졌다.

저렇게 홈 플레이트에 바짝 붙어 선 상태에서 몸 쪽 공을 공략하려면 노림수를 가지고 방망이를 휘둘러야 했다. 그러나 160㎞/h를 넘나드는 포심 패스트볼을 기본으로 투심 패스트볼과 커터, 스플리터까지 4종류의 패스트볼을 던지는 한정훈의 공을 예측하기란 쉽지 않았다.

후아앗!

한정훈의 손끝을 타고 공이 빠져나가자 박인우는 본능적으로 포심 패스트볼이라고 생각했다.

'칠 수 있어!'

박인우가 이를 악물고 방망이를 휘돌렸다. 다른 투수들보다 구속이 빠른 한정훈의 포심 패스트볼을 때려내는 유일한 방법은 보이는 즉시 방망이를 휘둘러 히팅 포인트에 먼저 도착하는 것뿐이었다.

실제로 이 방법으로 160㎞/h 대 피칭 머신의 공을 어렵잖게 공략해 냈다. 물론 기계가 던지는 공과 살아 있는 한정훈의 공은 느낌부터 달랐지만 적어도 구속이 주는 압박감은 어느 정도 털어낼 수 있었다. 그렇게 얻은 자신감 덕분에 박인우는 실로 오랜만에 제 스윙을 해낼 수 있었다.

하지만.

따각!

손잡이 안쪽에 걸린 타구는 그대로 1루 더그아웃을 향해 날아갔다. 경기를 지켜보고 있던 선수들이 단체로 고개를 숙일 만큼 총알 같은 타구였다.

–박인우 선수, 쳤습니다만 파울입니다.

–네, 타이밍은 얼추 맞았던 것 같은데요.

–민한기 해설위원의 말씀처럼 마음을 단단히 먹고 타석에 들어선 것 같습니다.

해설진은 박인우가 파울이나마 정타를 만들어냈다는 점에 칭찬을 아끼지 않았다. 그러나 정작 박인우의 얼굴에 가득했던 자신감은 저만치 사라져 버린 뒤였다.

'포심이 아니라 커터라니.'

박인우가 길게 숨을 골랐다. 포심이라 확신했던 공은 마지막 순간 몸 쪽으로 꺾여 들어와 손잡이 안쪽에 부딪쳤다. 어떻게든 방망이에 맞춰내긴 했지만 결과는 맥없는 파울이 었다.

한정훈이 좌타자를 상대로 몸 쪽 커터를 자주 던진다는 건 전략 분석표에도 나와 있는 내용이었다. 작년도 데이터에 따르면 한정훈이 구사한 커터 중 80퍼센트는 스트라이크였다. 홈 플레이트를 교묘하게 걸치고 들어오니 커터로 보이는 건 무조건 방망이를 휘두르고 보라는 게 올 시즌 전력 분석팀의 주문이었다.

그러나 올해 한정훈이 던진 커터의 스트라이크 확률은 40 퍼센트에 불과했다. 작년 대비 절반이 줄어들었다.

전략 분석팀은 그 이유를 두 가지로 꼽았다.

첫째는 커터가 그만큼 손에 익었다는 점. 작년에는 커터를 구사한 첫 시즌이라 활용도보다 제구에 초점을 맞췄다면 올 시즌에는 커터를 커터스럽게 써먹기 시작했다는 것이다.

둘째는 타자의 노림수를 역으로 가져간다는 점. 커터라 여겨지는 공에 좌타자들이 적극적으로 방망이를 휘두르니까 대놓고 볼을 던진다는 것이다. 설사 방망이에 맞추더라도 파울선상 밖으로 휘어나가도록 말이다.

그래서 한때는 한정훈의 커터는 치지 말라는 주문도 나왔다. 실제 6월 경기에서 스타즈 타자들은 한정훈의 커터를 철저히 무시하고 타석에 임했다. 그리고 그 결과, 하마터면 한 경기 최다 탈삼진 기록이 갱신될 뻔했다.

6회까지 한정훈이 기록한 탈삼진만 무려 13개. 뒤늦게 타자들이 적극적으로 타격에 임한 덕분에 한 경기 최다 삼진 타이기록(19개, 2018 한정훈 대 트윈스전)으로 경기를 마칠 수 있었다.

그 경기 이후로 좌타자들의 한정훈 공포증은 더욱 심해졌다. 커터 하나만으로도 머리가 아픈데 눈 깜짝할 사이에 날아드는 포심 패스트볼과 바깥쪽으로 도망치듯 사라져 버리는 투심, 거기에 한정훈표 스플리터까지 대처해야 하니 어느 한 구종에 노림수를 갖기도 어려워졌다.

"하아."

애꿎은 장갑을 고쳐 끼며 박인우가 더그아웃 쪽으로 고개를 돌렸다. 정확하게는 이호진 타격 코치를 바라봤다. 한정훈을 상대로 보란 듯이 안타 하나 때려내자고 특훈을 해왔는데 그 효과가 벌써 사라져 버린 기분이었다.

그러자 이호진 코치가 가볍게 주먹을 쥐어 보였다.

파이팅.

현역에서 은퇴한 코치인 그가 아직 어린 후배에게 해줄 수 있는 건 힘내라는 격려가 전부였다.

박인우의 준비 시간이 길어지자 구심이 빨리 타석에 들어서라고 손짓을 보냈다.

"후우……."

박인우는 마지못해 타석에 들어섰다. 그리고 복잡한 얼굴로 2구를 기다렸다.

박인우를 힐끔 쳐다보던 박기완은 2구째 몸 쪽으로 낮게 떨어지는 스플리터를 요구했다.

한정훈은 박기완의 주문대로 몸 쪽 낮은 코스의 스플리터를 던졌다. 초구 때 박인우였다면 살짝 머뭇거렸을 위치였다. 하지만 초구부터 노림수가 깨져 버린 박인우는 또다시 어정쩡한 스윙으로 스트라이크를 헌납해 버렸다.

—아, 박인우 선수. 헛스윙입니다.

—이상하네요. 이번 스윙은 전혀 박인수 선수답지 않았습니다.

—확실히 초구 때의 힘 있는 스윙은 아닌 것처럼 보이는데요.

—이런 식의 스윙으로는 한정훈 선수의 공을 쳐 내기 어렵습니다. 아무래도 타이밍이 맞지 않았던 것 같은데 크게 숨한 번 들이쉬고 마음을 다잡을 필요가 있을 것 같습니다.

해설진의 독려에도 불구하고 박인우는 쉽게 타석에 들어서지 못했다. 선두 타자로서 삼진 위기에 몰렸다는 사실이 타석에 서는 걸 주저하게 만든 것이다.

보다 못한 김영문 감독이 직접 사인을 냈다.

걱정 말고 쳐라.

올 시즌 화려하게 부활한 박인우라면 한정훈을 상대로 자신감을 가져도 충분해 보였다.

하지만 순식간에 투 스트라이크로 몰려 버린 박인우가 맘먹고 방망이를 돌리기란 쉽지 않았다.

정석대로라면 눈에 들어오는 공들은 적극적으로 방망이를 휘둘러야 했다.

스트라이크존을 넓게 잡고 투수의 유인구를 걸러내며 원하는 공이 들어올 때까지 최대한 버텨야 했다.

하지만 변화구 타이밍까지 고려할 경우 패스트볼을 제대로 때려내가기 어려워질 수밖에 없었다.

그렇다고 변화구를 버리고 패스트볼만 노리기도 쉽지가 않았다.

올 시즌 들어 체인지업과 너클 커브의 구사 빈도수가 줄어들었다곤 하지만 여전히 공 5개 중 1개꼴로 변화구가 들어왔다.

그 한 개의 변화구가 3구째 들어오지 말라는 법은 어디에도 없었다.

'버리자, 버려.'

한참을 고심하던 박인우가 방망이를 힘껏 움켜쥐었다.

변화구는 버리고 패스트볼만 노린다.

그 속내가 경직된 타격 자세를 통해 드러났다.

'인우 선배, 그거 알아요? 선배는 너무 티가 나요.'

박기완이 씩 웃으며 바깥쪽으로 미트를 가져갔다.

몸 쪽 패스트볼을 노리는 박인우에게 굳이 몸 쪽 공을 던져 줄 이유는 없었다.

사인을 확인한 한정훈의 입가에도 슬쩍 웃음이 번졌다.

그러나 박인우는 그 사실을 알아채지 못했다.

툭툭.

가볍게 로진 백을 두드린 뒤 한정훈이 힘껏 공을 움켜쥐었다.

그리고 전력을 다해 몸 쪽 공을 꽂아 넣을 것처럼 피칭을 시작했다.

'온다!'

박인우는 반사적으로 타격 자세에 들어갔다.

아직 한정훈의 손에서 공이 빠져나오지도 않았지만 그의 머릿속에는 160㎞/h의 몸 쪽에 꽉 찬 포심 패스트볼이 가득했다.

하지만 정작 한정훈이 던진 공은 너울너울 춤을 추며 바깥쪽으로 흘러 나가 버렸다.

"크윽!"

성급히 허리를 돌렸던 박인우가 팔을 쭉 뻗으며 어떻게든 공을 맞춰보려 했지만 소용없었다.

바람을 탄 공은 그런 박인우를 약 올리듯 방망이 윗부분을 살짝 스쳐 지나 박기완의 미트 속에 빨려 들어갔다.

"스트라이크, 아웃!"

구심이 단호하게 삼진을 외쳤다.

박인우의 방망이가 홈 플레이트 위쪽 변을 한참이나 지나친 터라 고민할 이유조차 없었다.

−아! 박인우 선수, 방망이를 멈추지 못했습니다.

−스톰즈 배터리의 볼 배합에 완전히 당했네요.

−이로써 박인우 선수, 한정훈 선수를 상대로 5타수 무안타로 부진한 성적을 이어갑니다.

"하아, 시팔."

박인우가 멍한 얼굴로 몸을 돌렸다.

그리고 대기 타석에서 매서운 눈으로 한정훈의 투구를 지켜보던 2번 타자 손하섭이 타석에 들어섰다.

−2번 타자. 손하섭 선수입니다.

−당초의 우려와는 달리 올 시즌 2번 타순에서도 좋은 성적을 내고 있습니다.

−네, 어제까지 3할 6푼 7리의 타율로 서부 리그 타격 부문 2위에 올라 있는데요.

-제가 시즌 초반에 예상한 것처럼 공격적인 손하섭 선수를 2번에 전진배치 시키면서 다이노스의 공격력도 한층 업그레이드가 됐다고 생각합니다.

　작년까지 6번에 배치됐던 손하섭은 본래 1번 타순을 원했다.

　국내 최고의 용병 타자 자리를 놓치지 않고 있는 테일즈와 박성민, 나성검이 버티는 클린업 트리오 자리가 아니라면 차라리 1번이 낫다고 판단한 것이다.

　때마침 펠릭스 피에르가 팀을 떠나면서 1번 타순이 공석이 됐다.

　하지만 김영문 감독은 손하섭이 아니라 박인우를 1번으로 끌어 올렸다.

　그리고 손하섭에게는 박인우가 맡았던 2번 자리를 내주었다.

　처음 이 같은 결정을 전해 들었을 때 손하섭은 섭섭함을 감추지 못했다.

　작전이 많이 걸리는 2번 타순에서는 자신만의 타격을 펼치기 어렵다고 판단한 것이다.

　하지만 김영문 감독은 손하섭을 3번 같은 2번으로 쓰겠다고 천명했다.

　그리고 지금까지 그 약속을 지키고 있었다.

올 시즌 손하섭의 희생 번트 수는 11개에 불과했다.

반면 스톰즈의 2번 타자 에릭 나는 올 시즌 총 35개의 희생 번트를 시도했다.

베어스의 2번 타자 오재운도 32회.

결정적인 승부처가 아닌 한 다이노스 벤치에서는 손하섭에게 희생 번트 사인을 내지 않았다.

덕분에 손하섭도 2번 타순에 대한 부담 없이 특유의 타격 능력을 뽐내고 있었다.

–손하섭 선수. 한정훈 선수 상대로 제법 강한 면모를 보여주고 있는데요.

–네, 지난 경기에서도 안타를 때려냈고 작년에도 4개의 안타를 쳐냈습니다.

–한정훈 선수를 상대로 5개의 안타를 때려냈다면 대단한 건데요.

–맞습니다. 게다가 손하섭 선수는 주자가 없는 상황에 강한 만큼 한정훈 선수도 쉽게 승부를 걸지는 못할 것 같습니다.

해설진의 호평과는 달리 올 시즌 한정훈 상대 손하섭의 타율은 0.250이었다.

4타수 1안타.

3할을 기준으로 봤을 때 한정훈에게 강했다는 표현을 쓰
긴 애매한 수치였다.

통산 성적을 따져도 마찬가지였다.

작년까지 15타수 4안타 0.267.

올해 성적을 포함하면 19타수 5안타 0.263.

손하섭이 개인 통산 0.322라는 어마어마한 타율을 기록하
고 있는 걸 감안했을 때 한정훈에게 약했다고 보는 편이 옳
았다.

하지만 해설진은 물론이고 다이노스 팬들마저 손하섭이
뭔가 해줄 거라는 기대감을 가지고 있었다.

이유는 간단했다.

한정훈을 상대로 아직 안타 하나 때려내지 못한 타자들이
수두룩한 상황에서 2할대 중반의 타율은 상대적으로 부각되
어 보일 수밖에 없었다.

덕분에 손하섭에게 붙은 별명이 한정훈 킬러 1호였다.

물론 박기완은 이 같은 세간의 평가에 눈곱만큼도 동의하
지 않았다.

손하섭이 때려낸 5개의 안타 모두 단타였다.

그중에 텍사스성 안타만 4개였다.

손하섭의 맞춰내는 재주만큼은 인정했지만 감히 킬러라
평가받을 정도는 아니었다.

그러나 방망이를 움켜쥔 손하섭의 얼굴은 박인우 못지않

게 자신감에 가득 차 있었다.

박기완은 굳은 얼굴로 미트를 들어 올렸다.

코스는 바깥쪽.

구종은 포심 패스트볼.

굳은 얼굴로 고개를 끄덕인 한정훈이 있는 힘껏 공을 내던 졌다.

퍼엉!

쏜살같이 날아든 공이 곧바로 박기완의 미트 속에 파묻 혔다.

"스트라이크!"

구심의 콜이 요란하게 울렸다.

손하섭이 조금 멀지 않았냐며 웃어 보였지만 구심의 판정 은 번복되지 않았다.

─원 스트라이크! 158㎞/h의 포심 패스트볼이 바깥쪽 꽉 찬 코스에 꽂혔습니다.

─한정훈 선수, 오늘 처음으로 포심 패스트볼을 던졌는데 요. 손하섭 선수가 미처 반응을 하지 못한 것 같습니다.

민한기 해설위원의 목소리에는 아쉬움이 가득 담겨 있었 다. 좌타자가 한정훈을 상대로 안타를 때려내기에 가장 좋은 공이 바로 스트라이크를 잡으러 들어오는 바깥쪽 포심 패스트볼이었기 때문이다.

실제 손하섭이 때려낸 안타 중 3개가 바깥쪽 포심 패스트볼을 건드려서 나온 것이었다.

워낙에 구속도 빠르고 무브먼트도 좋다 보니 방망이에 맞추기만 하면 안타로 이어질 가능성이 높아지는 것이다.

하지만 손하섭은 자신만만한 얼굴로 2구를 기다렸다.

타석에 들어선 순간부터 그가 노리고 있던 건 잠기듯 들어오는 스플리터였다.

떨어지는 공에 자신이 있는 손하섭에게 낙폭이 적은 스플리터는 느린 포심 패스트볼에 지나지 않았다.

'정훈아, 이제 그거 던져야지.'

손하섭이 한정훈을 도발하듯 홈 플레이트 쪽으로 살짝 달라붙었다.

그렇게 하면 한정훈의 성격상 몸 쪽 승부가 들어 올 것이라고 여겼다.

그러나 박기완은 아무렇지도 않게 바깥쪽으로 미트를 들어 올렸다.

후아앗!

한정훈이 내던진 공이 바람 소리를 내며 날아들었다.

순간 손하섭의 미간이 살짝 일그러졌다.

한정훈의 손끝을 떠난 공이 점점 멀어지고 있었다.

또다시 바깥쪽.

몸 쪽을 노리는 상황에서 공략하기란 쉽지 않은 코스였다.

'젠장!'

손하섭이 질근 입술을 깨물었다.

그와 동시에 묵직한 포구음이 운동장에 울려 퍼졌다.

퍼엉!

"스트라이크!"

주심이 단호하게 주먹을 들어 올렸다.

초구와 거의 같은 궤적으로 날아든 꽉 찬 코스였다.

초구를 잡아준 이상 잠시라도 머뭇거릴 이유가 없었다.

-아아, 손하섭 선수. 이번 공도 지켜만 보는데요.

-아쉽네요. 초구는 하나 지켜볼 수 있지만 이번 공은 어떻게든 때려냈어야 했습니다.

-손하섭 선수, 너무 신중했나요?

-평소 공격적인 손하섭 선수의 성격과는 맞지 않은 타격이었습니다.

순식간에 투 스트라이크로 몰린 손하섭을 바라보며 해설진은 안타까움을 금치 못했다.

손하섭이 무슨 생각으로 공을 지켜만 봤는지는 몰라도 더이상은 기회가 없다고 여긴 것이다.

투 스트라이크를 먼저 잡은 상황에서 한정훈의 피안타율

은 1푼 8리에 불과했다.

허용한 안타 수는 단 5개.

그마저도 실책에 가까운 안타들이었다.

"하섭아아아아!"

"제발! 제발!"

박인우에 이어 손하섭마저 삼진 위기에 몰리자 다이노스 팬들은 불안함을 감추지 못했다.

경기 초반부터 삼진 퍼레이드를 시작하는 한정훈의 경기는 대부분 완봉승으로 끝이 났다.

그렇다 보니 어떻게든 손하섭이 살아 나가길 바랐다.

"후우……."

손하섭도 길게 숨을 골랐다.

박인우가 3구 삼진으로 물러난 상태에서 2번 타자인 자신마저 삼진으로 물러난다면 한정훈의 기세만 살려주는 꼴이 될 것 같았다.

그러면서도 손하섭은 끝내 스플리터에 대한 미련을 버리지 못했다.

'투 스트라이크를 잡았으니까 분명 들어올 거야.'

손하섭이 질근 입술을 깨물었다.

볼 카운트와 상관없이 스플리터만 들어온다면 보란 듯이 장타를 때려낼 생각이었다.

하지만 한정훈-박기완 배터리가 선택한 3구는 또다시 바깥쪽 포심 패스트볼이었다.

손하섭이 쉽게 노림수를 바꾸지 않는다는 성격을 박기완이 역으로 이용해 리드한 것이다.

퍼엉!

또다시 홈 플레이트 바깥쪽을 훑고 지나는 포심 패스트볼을 바라보며 손하섭은 고개를 절레절레 흔들 수밖에 없었다.

그렇게 다이노스의 테이블 세터가 연속 삼진으로 물러났다.

그리고 3번 타자 에릭 테일즈가 타석에 들어섰다.

작년까지 4번의 중책을 맡았던 에릭 테일즈는 새로운 용병의 영입으로 인해 올 시즌 3번 타순에서 활약 중이었다.

3할 4푼 5리의 타율에 37개의 홈런, 97타점, 27도루.

당초 목표였던 40-40클럽은 어려워 보였지만 통산 3번째 30-30클럽까지는 도루만 3개 남은 상태였다.

에릭 테일즈는 스톰즈와의 4연전을 통해 30-30 클럽에 가입하겠다는 희망을 내비쳤다.

한 경기에서 도루 하나씩 추가하면 가능하다는 것이었다.

그러나 에릭 테일즈가 도루를 추가할 수 있는 경기 중에 한정훈의 등판 경기는 포함되지 않았다.

작년 맞대결 이후로 완전히 기가 눌려 버린 에릭 테일즈는 더 이상 한정훈의 맞수가 되지 못했다.

따악!

-테일즈 선수, 초구를 건드립니다.

-아아, 유격수 공형빈 선수가 사인을 보내는데요.

-공형빈 선수, 잡았습니다. 쓰리 아웃. 한정훈 선수 공 7 개로 1이닝을 마칩니다.

엉거주춤한 자세로 방망이를 휘둘렀던 에릭 테일즈가 평범한 유격수 플라이로 물러나면서 다이노스의 1회 말 공격은 너무나 허무하게 끝이 났다.

하지만 다이노스 팬들은 성급히 희망을 버리지 않았다.

2회 초에 마운드에 오른 훌리오 우레아스가 스톰즈의 4, 5, 6번을 또다시 삼자 범퇴로 처리한 것이다.

"아직 몰라!"

"벅스턴! 제발!"

2회 말 공격이 시작되자 팬들은 한목소리로 누군가를 연호했다.

바이언 벅스턴.

올 시즌 다이노스가 우승을 위해 데려온, 250만 달러의 사나이를 말이다.

훙! 후웅!

있는 힘껏 방망이를 휘돌린 뒤 바이언 벅스턴이 천천히 타석에 들어섰다.

그리고는 한정훈을 향해 도발하듯 방망이를 들어 올렸다.

'이 자식이?'

순간 한정훈의 눈매가 딱딱하게 굳어졌다.

외야도 아니고 투수의 얼굴을 향해 방망이를 겨누다니.

이건 자신을 맞추겠다는 선전포고나 다름없었다.

하지만 바이언 벅스턴은 마치 타격 준비 자세의 일부인 것처럼 슬그머니 방망이를 어깨 위로 가지고 갔다.

ㅡ바이언 벅스턴 선수. 방금 전에 한정훈 선수를 겨냥한 듯한 타격 자세를 취했는데요.

ㅡ이전에도 몇 번 저런 적이 있었죠? 본인에게 물어보니 무의식중에 하는 일종의 루틴 같은 거라고 합니다.

ㅡ루틴이라고 해도 한정훈 선수 입장에서는 상당히 기분이 나쁠 것 같기도 한데요.

ㅡ본래 타자들의 루틴은 투수들을 자극하는 효과가 있으니까요. 그리고 한정훈 선수도 로진 백을 만진 뒤에 로진 가루를 힘차게 부는 버릇이 있지 않습니까? 그걸 불쾌하게 여기는 타자가 많지만 별다른 제지를 받지는 않고 있죠. 바이언 벅스턴 선수의 조금 전 행동도 같은 맥락으로 볼 필요가 있을 것 같습니다.

민한기 해설위원은 바이언 벅스턴의 루틴에 일일이 반응할 필요는 없다고 잘라 말했다.

투수와 타자의 기 싸움은 어제 오늘의 일이 아니었다.

바이언 벅스턴이 조금 더 노골적으로 도발했다고 해서 감정적으로 발끈하는 것도 좋아 보이진 않았다.

하지만 한정훈이 보기에 조금 전 바이언 벅스턴이 보인 짓거리는 타자만의 독특한 루틴이나 신경전도 아니었다.

그것은 무례였다.

한국 야구에 대한 무시이고 경멸이었다.

그리고 한정훈은 자격이 안 된 타자들을 상대로 관용을 베풀 만큼 마음이 넓지 않았다.

'하아, 정훈이 녀석. 또 단단히 열이 받으셨나 보군.'

평소보다 오래 마운드의 흙을 고르는 한정훈을 바라보며 박기완이 쓴웃음을 지었다.

근 2년간 호흡을 맞춰온 덕분에 박기완은 한정훈의 행동만 봐도 무슨 생각을 하는지 알 수 있었다.

무엇 때문에 화가 났는지, 또 무엇을 원하는지도 말이다.

'정훈이를 열 받게 만들었다는 건 그만큼 자신 있다는 소리겠지?'

박기완은 한정훈의 바람대로 몸 쪽으로 미트를 붙여넣었다.

구종은 포심 패스트볼.

바이언 벅스턴이 몸 쪽 공에 강하다는 걸 모르지는 않지만 이 상황에서 바깥쪽 공을 요구해 봐야 한정훈이 군말 없이 받아줄 리 없었다.

박기완의 예상대로 사인을 확인한 한정훈은 단단히 고개를 끄덕거렸다.

그러자 바이언 벅스턴이 씩 웃었다.

한정훈의 표정만으로도 몸 쪽 공이 들어온다는 사실을 눈치챈 것이다.

'걸려들었어.'

방망이를 움켜쥔 바이언 벅스턴의 오른팔에 잔뜩 힘이 들어갔다.

그와 동시에 한정훈이 투구 동작에 들어갔다.

후아앗!

한정훈의 손끝을 빠져나온 공이 곧장 바이언 벅스턴의 몸쪽으로 파고들었다.

바이언 벅스턴도 지지 않고 요란스럽게 방망이를 휘돌렸다.

따악!

공과 방망이가 한 점에서 만났다.

그 순간, 바이언 벅스턴의 얼굴이 와락 일그러졌다.

'젠장할!'

분명 타이밍은 좋았다.

히팅 포인트도 앞 쪽에서 형성됐다.

공이 예상보다 빨라 완벽하게 받쳐 놓고 때려내진 못했지만 자신의 힘이라면 충분히 담장 밖으로 넘겨낼 수 있다고 확신했다.

그러나 손잡이를 타고 전해진 묵직한 울림은 그런 바이언 벅스턴의 자신감을 산산이 부서뜨렸다.

─높게 솟은 타구가 그대로 1루 관중석 쪽으로 넘어갑니다.

─바이언 벅스턴 선수. 공을 중심에 맞추지 못했네요.

─타격 타이밍은 좋았습니다만 왠지 힘에서 밀린 느낌인데요.

─하하. 그보다는 공의 코스가 좋았다고 생각합니다. 저렇게 몸 쪽에 꽉 차게 들어오는 공을 공략해 내기란 쉽지 않을 테니까요.

민한기 해설위원은 이용구 캐스터의 사견을 일축했다.

서부 리그 홈런 레이스를 주도하는 바이언 벅스턴이 한정훈과의 힘 대결에서 밀렸다고는 조금도 생각하지 않았다.

민한기 해설위원은 그저 바이언 벅스턴이 여유를 부리다가 한 방 먹은 것뿐이라고 여겼다.

'오늘이 첫 대결이니까 한정훈의 공을 좀 우습게 봤겠지. 구속이 빠른 만큼 공이 가벼울 거라 여겼을 테고.'

바이언 벅스턴은 지난 한정훈 등판 경기 때 감기몸살로 결장을 했다.

당연히 다른 타자들보다 한정훈의 공에 대한 적응력이 떨어질 수밖에 없었다.

그럼에도 방망이 중심 부근에 공을 맞춰냈다는 건 충분히 고무적인 결과였다.

'이렇게 되면 다이노스에게도 충분히 승산이 있어.'

민한기 해설위원은 기대 어린 눈으로 2구 대결을 지켜봤다.

만약 한정훈이 또다시 몸 쪽으로 공을 던진다면, 바이언 벅스턴의 방망이가 용서하지 않을 것 같았다.

하지만 바이언 벅스턴이 평범한 3루수 파울 플라이로 물러나면서 민한기 해설위원의 표정이 딱딱하게 굳어져 버렸다.

―3루수 최준 선수. 파울 라인 밖에서 타구를 잡아냅니다.

―바이언 벅스턴 선수. 이번에도 제대로 힘을 싣지 못한 것 같습니다.

―한정훈 선수가 2구 연속 몸 쪽 승부를 가져갔는데요.

―그런 점에서 볼 배합의 승리로 봐도 될 것 같습니다.

민한기 해설위원의 다소 편파적인 해설이 이어지자 시청자들의 불만이 폭주하기 시작했다.

ㄴ민한기 뭐냐? 지금 대놓고 다이노스 빠는 거냐?

└볼 배합의 승리? 지랄하네. 누가 봐도 벅스턴이 밀린 거 잖아!

└민한기 한정훈 싫어하는 거 몰랐음? 저 정도면 극찬 수준인데?

└맞아. 민한기 한정훈이 김태윤 맞춘 이후로 대놓고 까던데?

└정확하게는 이제 2년 차 투수가 빈볼성 공 던진다고 지랄지랄 했었지. 그때도 그것 때문에 시청자들한테 욕 바가지로 먹었었는데 아직도 버릇 못 고쳤네.

└아무리 그래도 20년 차 해설위원인데 말 좀 가려 합시다.

└말은 민한기가 가려 해야지. 시청자들이 우습냐?

채팅방의 분위기가 심상치 않자 담당 PD가 중계진에게 주의를 부탁했다.

민한기 해설위원도 구설수에 오를 만한 표현은 최대한 삼가며 기본적인 해설에 충실했다.

하지만 그것도 잠시. 4회 말 다이노스에게 득점 기회가 찾아오자 민한기 해설위원은 언제 그랬냐는 것처럼 다시 본색을 드러냈다.

─아, 최준 선수. 공을 한 번에 포구하지 못합니다.

-이건 박인우 선수가 번트를 잘 댔다고 봐야겠죠. 바깥쪽 빠른 공을 예상하고 가볍게 방망이만 가져다 댄 것이 주효했습니다.

-그리고 코스도 좋았는데요.

-저렇게 3루 선상에 아슬아슬하게 붙여 대는 게 쉽지 않은데, 박인우 선수 정말 대단합니다.

선두 타자로 나선 박인우가 초구에 기습 번트 안타를 만들어내자 민한기 해설위원은 감탄을 금치 못했다.

최근 발목이 좋지 않은 최준의 불안한 수비 덕을 톡톡히 본 안타였지만 그 점은 조금도 입에 올리지 않았다.

-무사 1루 상황에서 타석에 2번 타자 손하섭 선수 들어섭니다.

-손하섭 선수, 이 상황에서는 중심 타자들을 믿고 번트를 대줘야죠.

민한기 해설위원은 마치 감독처럼 번트를 대야 한다고 목소리를 높였다.

이용구 캐스터가 한정훈을 상대로 번트를 대기가 쉽지 않다며 말을 거들었지만 민한기 해설위원은 면전에서 그 말을 무시해 버렸다.

하지만 다이노스 김영문 감독은 번트 사인을 내지 않았다.

번트에 익숙하지 않은 손하섭에게 보내기 번트를 지시하느니 차라리 진루타를 기대하는 편이 낫다고 판단한 것이다.

손하섭은 김영문 감독의 기대에 십분 부응했다.

한정훈이 병살타를 만들기 위해 던진 몸 쪽 체인지업을 힘 있게 잡아당기며 1루수 앞 강습 타구를 만들어낸 것이다.

—손하섭 선수, 쳤습니다! 아! 1루수 황철민 선수. 공을 한 번에 잡아내지 못합니다.

1루 주자에게 정신이 팔려 수비 전환이 늦었던 황철민은 한 번에 공을 포구해 내지 못했다.

그사이 박인우는 순식간에 2루를 파고들었다.

황철민이 뒤늦게 공을 손에 쥐었지만 던지지 말라는 공형빈의 사인을 받고는 1루로 달려 들어오는 한정훈 쪽으로 공을 토스할 수밖에 없었다.

—손하섭 선수는 1루에서 아웃! 한정훈 선수. 재빨리 백업에 들어와 발 빠른 타자를 잡아냅니다.

—손하섭 선수. 잘 맞은 타구였는데 아쉽습니다.

—이번 타구는 다소 먹힌 것처럼 보였는데요?

—한정훈 선수가 병살타를 노리고 공을 손하섭 선수 몸 쪽

에 바짝 붙인 걸 감안한다면 좋은 타구를 만들어냈다고 생각합니다. 손하섭 선수가 아니라 다른 타자였다면 필시 2루수 앞 병살타로 물러났을 테니까요.

-하하. 그런가요?

-네, 전 타석에서는 아쉬운 모습을 보여줬지만 손하섭 선수, 역시 한정훈 킬러답습니다!

순간 이용구 캐스터의 얼굴에 당혹스러움이 번졌다.

안타를 때려낸 것도 아니고 황철민의 수비 미스로 인해 진루타로 변한 병살타성 타구를 때려냈는데 한정훈 킬러라니.

조리 있는 해설로 사랑받는 민한기 해설위원이 한 말이 맞나 싶을 정도였다.

그사이 3번 타자 에릭 테일즈가 타석에 들어섰다.

그러자 창원 야구장이 떠나갈 듯 들썩거렸다.

비록 바이언 벅스턴에게 4번 타자 자리를 빼앗기긴 했지만 다이노스의 중심은 누가 뭐래도 에릭 테일즈였다.

-테일즈 선수. 팀의 중심 타자로서 크게 한 방 때려줄 순간이 왔습니다.

민한기 해설위원도 기대감을 감추지 못했다.

하지만 2루에 주자가 나갔다고 해서 한정훈과 에릭 테일즈 간의 천적 관계가 사라지는 건 아니었다.

"스트라이크, 아웃!"

팀에 선취점을 안기겠다는 일념으로 에릭 테일즈는 연속해서 파울 타구를 3개나 때려내며 몸부림을 쳤다.

하지만 애석하게도 4구째 들어온 한정훈의 스플리터에 속으며 연타석 삼진으로 물러나고 말았다.

"테일즈으으!"

"젠장할!"

에릭 테일즈의 방망이가 허무하게 허공을 가르자 다이노스 팬들의 입에서 절규가 터져 나왔다.

중립을 지켜야 할 민한기 해설위원도 탄식을 감추지 못했다.

―아아, 테일즈 선수. 이렇게 물러나면 안 되죠.

말끝에 매달린 진한 아쉬움이 마이크를 타고 전해졌다.

그러자 담당 PD가 이용구 캐스터에게 민한기 해설위원의 말을 자르라고 소리쳤다.

―그, 그래도 4번 타자 바이언 벅스턴 선수가 남아 있으니까요.

이용구 캐스터는 엉겁결에 민한기 해설위원을 위로했다.

에릭 테일즈가 삼진을 당하긴 했지만 여전히 주자는 2루에 머물러 있었다.

4번 타자 바이언 벅스턴이 안타만 때려내도 선취점을 뽑아낼 가능성은 충분했다.

하지만 민한기 해설위원은 그렇게 간단한 일이 아니라며 한숨을 내쉬었다.

-한정훈 선수 입장에서 바이언 벅스턴 선수와 정면 승부를 할 이유가 없겠죠.

-그 말씀은…… 고의사구가 나올 수 있다는……?

-나올 수 있는 게 아니라 나올 겁니다. 아직 경기 초반이고 스톰즈 타자들도 훌리오 우레아스 선수에게 꽁꽁 틀어 막혀 있으니까요.

민한기 해설 위원은 한정훈이 자존심으로 버텨도 스톰즈 더그아웃에서 지시가 나올 것이라 확신했다.

다른 타자도 아니고 서부 리그 홈런 부분 1위를 달리는 바이언 벅스턴이다.

괜히 정면 승부를 벌였다가 큰 것 한 방 얻어맞기라도 한다면 오늘 경기를 완전히 다이노스에게 내주게 될지 몰랐다.

그러나 스톰즈 더그아웃은 조용했다. 한정훈을 상대로 그 누구도 사인을 내지 않았다.

한정훈도 바이언 벅스턴을 고의사구로 내보낼 생각이 눈곱만큼도 없었다.

"어디 칠 수 있으면 쳐 봐."

한정훈이 타석에 들어선 바이언 벅스턴을 향해 로진 가루를 힘껏 불었다.

그러자 이번에는 바이언 벅스턴의 눈매가 딱딱하게 굳어졌다.

"벅스턴!"

"벅스턴!"

다이노스 팬들은 바이언 벅스턴을 한목소리로 연호했다.

한정훈에게서 점수를 빼앗을 수 있는 기회는 결코 흔한 게아니었다.

이 기회를 이대로 놓칠 경우 한정훈이 마운드를 내려가기만을 기다려야 할지 몰랐다.

하지만 다이노스 팬들의 기대와는 달리 바이언 벅스턴의 표정은 생각만큼 밝지 못했다.

타순이 한 바퀴 돌았음에도 아직까지 첫 타석 때의 충격에서 벗어나지 못했기 때문이다.

'벌써 겁을 드셨군.'

바이언 벅스턴이 선 위치를 확인한 박기완이 피식 웃었다.

바이언 벅스턴은 첫 타석보다 홈 플레이트에서 한 발 떨어져 자리를 잡은 상태였다.

홈 플레이트에 바짝 붙어서는 몸 쪽에 꽉 차게 들어오는 한정훈의 공을 이겨내기 어렵다고 판단한 것이다.

'어디 바깥쪽은 얼마나 잘 대처하나 볼까?'

박기완은 자연스럽게 바깥쪽으로 미트를 옮겼다.

한정훈이 살짝 눈매를 일그러뜨렸지만 사인을 바꾸지 않았다.

2사지만 주자 2루다.

바이언 벅스턴을 힘으로 짓누르고 싶어 하는 한정훈의 마음을 모르는 비는 아니지만 쉽게 풀 수 있는 문제를 굳이 어렵게 꼴 필요는 없었다.

─박기완 선수, 바깥쪽으로 미트를 들어 올렸는데요.

─스톰즈 벤치에서 거르라는 사인이 나왔을 가능성이 높습니다. 요즘은 굳이 일어서서 거르지는 않으니까요.

민한기 해설위원은 박기완의 포구 위치만 보고 고의사구라고 단언했다.

하지만 한정훈이 내던진 초구는 정확하게 바깥쪽 홈 플레이트를 스치고 박기완의 미트 속에 빨려 들어가 버렸다.

"스트라이크!"

심판이 가볍게 주먹을 들어 올렸다.

박기완이 살짝 바깥으로 빠져 앉은 걸 감안하더라도 군더더기 없는 스트라이크였다.

　-초구, 바깥쪽에 꽉 차는 스트라이크가 들어옵니다. 구속은 158㎞/h. 구종은 포심 패스트볼로 보이는데요.
　-오늘 구심이 바깥쪽 스트라이크존에 지나치게 후한 감이 있네요.
　-아, 그렇습니까?
　-네. 코스도 절묘했지만 박기완 선수의 프레이밍에 구심이 속아 넘어가지 않았나 하는 생각이 드네요.

　민한기 해설위원이 불만스럽게 상황을 설명했다.
　오늘 여러 차례 구심의 손이 올라간 코스였지만 카메라 각도만 놓고 봤을 때 스트라이크와 볼의 경계선상에 놓여 있다고 판단하는 것도 그리 억지스럽지는 않았다.

　-어쨌든 원 스트라이크 상황에서 바이언 벅스턴 선수, 2구째를 맞이합니다.

　이용구 캐스터가 자연스럽게 상황을 받아넘겼다.
　'젠장할.'
　내심 몸 쪽 공을 기다리고 있던 바이언 벅스턴의 표정은 초구 때보다 더욱 굳어 있었다.

한정훈과의 싸움에 대비해 홈 플레이트에서 한 발 물러났는데 정작 공이 바깥쪽으로 들어와 버렸으니 대놓고 조롱을 받은 듯한 기분이었다.

'싸움꾼인 줄 알았는데 비열한 놈이었군.'

살짝 열이 받은 바이언 벅스턴이 다시 홈 플레이트에 바짝 붙어 섰다.

그러자 한정훈이 피식 웃음을 흘렸다.

그렇지 않아도 바이언 벅스턴이 너무 일찍 꼬리를 말아 아쉬웠는데 2라운드가 시작된 기분이었다.

'하아⋯⋯.'

속으로 한숨을 내쉬던 박기완도 어쩔 수 없다며 미트를 몸쪽으로 움직였다.

이 상황에서 바깥쪽 유인구를 요구해봐야 먹혀들 것 같지도 않았다.

박기완의 사인을 확인한 한정훈이 가볍게 고개를 끄덕였다.

구종은 포심 패스트볼.

이렇게 되면 앞선 타석까지 4구 연속 포심 패스트볼을 던지는 셈이다.

한 타자에게 같은 공을 연속해서 보여주는 건 위험한 짓이었다.

타자의 눈에 공이 익을수록 안타를 허용할 확률이 높기 때문이다.

그러나 한정훈은 일말의 망설임도 없이 포심 패스트볼 그립을 손에 쥐었다.

저 녀석은 절대 못 쳐.

말을 하진 않았지만 한정훈의 얼굴에는 한가득 자신감이 번져 있었다.

그리고 그 차이가 승패를 갈랐다.

따악!

한정훈이 공을 던지기가 무섭게 바이언 벅스턴이 방망이를 휘둘렀지만 타구는 또다시 1루 쪽으로 밀려 날아갔기 때문이다.

ㅡ타구가 1루 관중석 쪽으로 넘어갑니다. 첫 타석 때와 비슷한 파울인데요.

ㅡ크흠, 바이언 벅스턴 선수. 아무래도 스윙 타이밍을 조금 일찍 가져가는 게 좋을 것 같습니다.

바이언 벅스턴이 방망이를 휘두르자 제 자리에서 벌떡 일어났던 민한기 해설위원이 멋쩍게 주절거렸다.

바깥쪽을 노리고 있었다고 편을 들어주기에는 중계 화면에 찍힌 바이언 벅스턴이 너무나 아쉬워하고 있었다.

"젠장! 젠장!"

또다시 힘에서 밀려 버린 바이언 벅스턴은 흥분을 감추지 못했다.

공의 궤적을 읽은 순간 곧바로 방망이를 휘돌렸는데도 이겨내지 못하다니.

도대체 뭐가 문제인지 이해가 가지 않았다.

무엇보다 짜증이 나는 건 손아귀에 밀려드는 통증이었다.

첫 타석 때보다 더욱 심해진 방망이의 울림이 한정훈의 공을 절대 치지 못할 것이라는 비아냥거림처럼 느껴졌다.

"크으으!"

바이언 벅스턴은 이를 악물었다.

그리고 온힘을 쥐어짜 내 방망이를 힘 있게 움켜쥐었다.

그러면서 새끼손가락 세 마디 정도를 남겼다.

평소 노브(knob, 손잡이 끝)를 손가락으로 감싸던 걸 감안했을 때 거의 손바닥 하나를 짧게 잡은 셈이었다.

'짜식, 단단히 열이 받았나 본데?'

바이언 벅스턴을 꼼꼼하게 살펴본 박기완이 조심스럽게 손가락을 움직였다.

코스는 몸 쪽.

하지만 구종은 달랐다.

사인을 확인한 한정훈이 묵묵히 고개를 끄덕거렸다.

그리고 박기완의 미트를 향해 있는 힘껏 공을 내던졌다.

후아앗!

빠르게 날아드는 공이 바이언 벅스턴의 눈에는 포심 패스트볼처럼 보였다.

아니, 공의 궤적을 확인하기도 전에 바이언 벅스턴은 이를 악물고 방망이를 휘둘렀다.

헛스윙을 각오하고 한정훈의 몸 쪽 포심 패스트볼을 쳐 내기 위해서였다.

그러나 찌를 듯 날아들던 공이 마지막 순간에 살짝 가라앉으면서 바이언 벅스턴의 마지막 일격도 수포로 돌아가고 말았다.

후웅!

시원한 바람 소리가 타격음을 대신해 경기장에 울렸다.

뒤이어 바이언 벅스턴의 손을 빠져나온 방망이가 타구처럼 3루 더그아웃을 향해 날아들었다.

"으앗!"

"피해!"

조마조마한 눈으로 대결을 지켜보던 스톰즈 선수들이 비명을 내지르며 방망이를 피해 도망쳤다.

다행히 방망이는 석재 기둥에 부딪치며 힘을 잃고 떨어졌지만 선수들은 하나같이 상기된 표정을 감추지 못했다.

반면 바이언 벅스턴은 망연자실한 얼굴이었다.

설마하니 한정훈이 3구째 스플리터를 던져 자신을 속일 것이라고는 생각지도 못한 반응이었다.

하지만 초구 때처럼 한정훈에게 화가 나진 않았다.

그보다는 두려워졌다.

메이저리그에서도 구위를 앞세워 찍어 누르는 피칭을 펼치는 투수는 많았다.

그러나 타자를 손바닥 위에 올려놓고 완벽하게 농락하는 영리한 피칭을 하는 투수는 손에 꼽을 정도였다.

그리고 대부분의 영리한 피칭을 하는 투수는 구속이나 구위에 자신이 없는 경우가 많았다.

구위에 자신이 있으면 힘으로 맞붙으려 하고 그 반대는 끈질기게 타자들의 방망이를 끌어내려 애를 썼다.

이게 바이언 벅스턴이 보고 겪고 느낀 일반적인 투수들의 스타일이었다.

하지만 한정훈은 전혀 달랐다.

손아귀에 힘이 빠질 정도로 엄청난 포심 패스트볼을 던지다가도 마지막 순간에는 영리하게 빈틈을 파고들었다.

그 순간 느껴졌던 감정은 속았다는 아쉬움이 아니었다.

그건 절망이고 공포였다.

무엇을 하더라도 결코 한정훈을 이길 수 없을 것 같은 암담함이 온몸을 짓눌렀다.

"하아……."

바이언 벅스턴의 입에서 땅이 꺼져라 한숨이 흘러 나왔다.

어찌나 진이 빠지던지 다리가 후들거려 움직일 수가 없었다.

공수교대 상황이 아니었다면 몇 걸음 내딛지 못하고 다리가 풀려 주저앉았을 것 같았다.

믿었던 4번 타자가 득점 기회에서 허무하게 3구 삼진으로 물러나는 모습을 코앞에서 지켜본 다이노스 팬들도 착잡함을 감추지 못했다.

"하아, 시팔. 망했네."

"쪽팔리게 방망이는 왜 놓치고 지랄이야."

다른 타자라면 욕 한 바가지 시원하게 내뱉고 넘어갔을 것이다.

하지만 올 시즌 서부 리그 홈런 레이스를 주도하며 MVP 후보로 이름을 올리는 바이언 벅스턴이 맥없이 물러났다는 건 충격적이었다.

한정훈이라는 괴물 투수를 쓰러뜨리기 위해 다이노스 구단에서 큰돈을 써서 데려온 게 바로 바이언 벅스턴이다.

그런데 에릭 테일즈에 이어 바이언 벅스턴마저 한정훈에게 잡아먹히고 말았으니 리그 1위 탈환이 점점 멀어지는 것만 같았다.

바이언 벅스턴의 삼진으로 기운이 빠진 건 훌리오 우레아스도 마찬가지였다.

"멍청한 녀석. 그거 하나 쳐 내지 못하다니."

훌리오 우레아스가 거칠게 마운드를 골랐다.

무사에 주자가 나간 상황에서 팀의 3번 타자와 4번 타자가 나란히 삼진으로 물러났으니 기분이 좋을 리 없었다.

무엇보다 에릭 테일즈와 바이언 벅스턴의 삼진으로 인해 한정훈과의 탈삼진 차이가 다시 2개로 벌어졌다는 게 화가 났다.

4회까지 스톰즈 타자들을 맞아 훌리오 우레아스는 6개의 삼진을 뽑아냈다.

피안타는 단 2개를 허용했지만 후속 타자를 전부 병살타로 유도하며 평소보다 투구 수를 절약하는 데 성공했다.

총 투구 수는 52구.

기록만 놓고 보자면 지금까지 등판했던 경기를 통틀어 세 손가락 안에 꼽을 수 있을 정도였다.

하지만 훌리오 우레아스는 조금도 만족스럽지가 않았다.

자신을 뛰어넘는 피칭을 펼치고 있는 한정훈 때문이었다.

4이닝까지 한정훈이 기록한 탈삼진은 총 8개.

매 이닝마다 꼬박꼬박 2개씩 잡아내고 있었다.

피안타는 박인우에게 허용한 기습 번트 안타뿐이었다.

그런데도 투구 수는 고작 42구가 전부였다.

한정훈이 한 타자를 더 상대했는데도 투구 수는 훌리오 우레아스가 10개가 더 많았다.

설상가상 팀의 중심 타자들이 절호의 득점 기회를 허무하게 날려 버리면서 점수는 여전히 0 대 0이었다.

만약 이 흐름대로 경기가 진행된다고 가정할 때 한정훈은 9회까지 충분히 마운드를 지킬 것 같았다.

반면 훌리오 우레아스는 완투를 장담하기 어려웠다.

90구 전후로 구위가 떨어지는 만큼 7회 이후 한 번은 위기가 찾아올 가능성이 높았다.

'타자들을 믿어서는 안 돼. 내 힘으로 이겨내야 해.'

훌리오 우레아스는 입술을 질근 깨물었다.

4회 말 기회에서 한 점이라도 점수를 뽑아냈다면 좋았겠지만 득점에 실패한 이상 자신이 최대한 마운드에서 버티는 것 이외에 경기를 승리로 이끌 다른 방법은 떠오르지 않았다.

"후우……."

훌리오 우레아스가 길게 숨을 골랐다.

그러는 사이 4번 타자 최준이 타석에 들어섰다.

잠시 최준을 향했던 훌리오 우레아스의 시선이 대기 타석에 들어선 5번 타자 작 피터슨을 향했다.

다저스에서 자리를 잡지 못하고 한국으로 오긴 했지만 작 피터슨은 확실히 실력 있는 선수였다.

제 잘난 맛에 장타만 노려대는 바이언 벅스턴과는 질적으로 다른 타자였다.

'작 피터슨 앞에 주자를 내보낼 수는 없지.'

훌리오 우레아스가 천천히 투수판을 밟았다.

그러자 포수 김태순이 미트를 움직였다.

훌리오 우레아스는 김태순의 요구대로 공을 던졌다.

초구는 바깥쪽에 꽉 차는 포심 패스트볼.

2구는 바깥쪽에 떨어지는 체인지업.

초구를 지켜봤던 최준은 2구째 힘껏 방망이를 휘둘렀으나 헛스윙으로 물러났다.

볼카운트 투 스트라이크.

투수가 절대적으로 유리한 상황이었다.

'일단 하나 빼야지.'

김태순은 당연하다는 듯이 바깥쪽 유인구를 요구했다.

투구 수는 조금 늘어나겠지만 4번 타자 최준을 확실히 요리하기 위해서는 유인구를 적절히 섞을 필요가 있었다.

그러자 훌리오 우레아스가 짜증스럽게 고개를 저었다.

'저 멍청한 녀석이 지금 뭐하자는 거야?'

작 피터슨도 아니고 고작 최준을 상대로 유인구라니.

가뜩이나 투구 수를 아껴야 하는 상황에서 이보다 더 멍청한 리드는 없을 것 같았다.

'뭐야? 사인을 못 본 거야?'

김태순이 재차 같은 사인을 냈다.

주의가 산만한 투수들의 경우 가끔 사인을 놓치는 경우도 없지 않았다.

그러나 훌리오 우레아스는 또다시 고개를 흔들어 댔다.

명백한 거절.

'설마, 벌써 승부를 보자는 건가?'

살짝 미간을 찌푸리던 김태순이 더그아웃을 바라봤다.

투수와 타자의 의견이 맞부딪치는 상황에서 중재를 해줄 수 있는 건 코칭스태프밖에 없었다.

잠시 김영문 감독과 의견을 조율하던 배터리 코치가 훌리오 우레아스에게 맞추라는 사인을 냈다.

김태순의 유인구 사인이 틀리지는 않았지만 4회까지 완벽한 피칭을 선보이고 있는 훌리오 우레아스의 기를 살려줄 필요가 있다고 여긴 것이다.

'왠지 한 방 얻어맞을 분위기인데.'

김태순이 마지못해 몸 쪽 패스트볼 사인을 냈다.

그러면서 힐끔 최준을 바라봤다.

전 타석에서 3구 삼진을 당해서인지 최준은 단단히 약이 올라 있었다.

어지간해서는 감정을 얼굴에 드러내지 않는 성격이라 티가 나지 않았지만 노리는 공이 들어오면 인정사정없이 방망이를 내돌릴 기세였다.

'제발……!'

김태순은 최준이 바깥쪽 코스를 노려주길 바랐다.

그리고 훌리오 우레아스가 최준을 꼼짝 못 하게 만들 완벽한 몸 쪽 공을 던져 주길 바랐다.

하지만 애석하게도 김태순의 바람은 모두 빗나가고 말았다.

후아앗!

훌리오 우레아스가 자신만만하게 던진 몸 쪽 공이 살짝 가운데로 몰려들었다.

그러자 최준이 기다렸다는 듯이 방망이를 휘둘렀다.

따아악!

요란한 소리와 함께 타구가 쭉쭉 뻗어 나갔다.

좌익수 손하섭이 끝까지 뒤쫓아 봤지만 마지막 순간에 바람을 탄 타구는 그대로 펜스 밖으로 넘어가 버렸다.

"괜찮아! 내 잘못이야!"

김태순은 냉큼 마운드에 올라 훌리오 우레아스를 달랬다.

최준에게 불의의 일격을 허용하긴 했지만 고작 1점일 뿐이었다.

지금부터라도 마음을 다잡고 타자들을 잡아낸다면 다이노스에게도 기회가 올 것이라고 믿었다.

그러나 훌리오 우레아스는 좀처럼 마음을 다잡지 못했다.

"젠장할!"

몇 번이고 욕지거리를 내뱉었지만 훌리오 우레아스는 분

이 풀리질 않았다.

하필이면 바로 전 타석에서 삼구삼진을 잡아냈던 최준에게 투 스트라이크를 잡아놓은 상태에서 홈런을 허용하다니.

스스로에게 화가 나서 견딜 수가 없었다.

그런 상황에서 하필이면 작 피터슨이 타석에 들어섰다.

최준보다 몇 배는 더 경계해야 하는, 훌리오 우레아스가 인정한 스톰즈 최고의 타자가 말이다.

'후우…… 더 이상 맞으면 안 돼!'

훌리오 우레아스는 애써 숨을 골랐다.

그러나 추가 실점에 대한 부담 때문일까.

어깨에 힘이 들어가는 것만큼은 어쩔 수가 없었다.

펑!

한참 만에 내던진 훌리오 우레아스의 초구는 스트라이크 존을 한참이나 벗어나 있었다.

2구도 마찬가지.

김태순이 거의 한가운데로 미트를 들어 올렸지만 훌리오 우레아스의 공은 바깥쪽으로 완전히 빠져나갔다.

'우레아스! 정신 차려!'

김태순이 몸을 일으켜 진정하라는 수신호를 보냈다.

5회 초, 아웃 카운트 하나 잡지 못한 상황에서 에이스가 흔들려서는 경기를 이길 방법이 없었다.

그러나 훌리오 우레아스가 던진 공은 연달아 스트라이크

존을 벗어나 버렸다.

　-4구째도 볼입니다. 홀리오 우레아스 선수, 작 피터슨 선수를 스트레이트 볼넷으로 내보냅니다.

　-하아, 홀리오 우레아스 선수. 최준 선수에게 맞은 홈런을 아직도 머릿속에 담고 있는 것 같은데요. 빨리 떨쳐 내고 경기에 집중해야 합니다.

　민한기 해설위원은 다이노스 감독이라도 된 것처럼 발을 동동 굴렸다.

　최준에게 허용한 피홈런이야 어쩔 수 없다 하더라도 작 피터슨을 스트레이트 볼넷으로 내준 건 좋지 않았다.

　한 번 흥분하면 좀처럼 가라앉히지 못하는, 중남미 투수들이 경기 중에 자멸하는 전형적인 패턴을 답습하는 모양새였다.

　다행히도 홀리오 우레아스는 6번 타자 황철민을 외야 플라이로 유도하며 무사 위기 상황에서 벗어났다.

　홀리오 우레아스가 던진 몸 쪽 높은 초구를 황철민이 성급하게 건드려 버린 것이다.

　뒤이어 김주현 타석 때는 작 피터슨이 기습적으로 지연 도루를 시도하다가 2루에서 잡히고 말았다.

　작 피터슨의 리드 폭이 평소보다 크다는 걸 눈치챈 김태순이 피치아웃을 요구했는데 하필 그 타이밍에 작 피터슨이 뛰어버린 것이다.

　−아, 작 피터슨 선수. 헤드 퍼스트 슬라이딩을 해봤지만 2루에서 아웃되고 맙니다.
　−작 피터슨 선수, 불필요한 욕심을 부린 것 같습니다. 작 피터슨 선수가 발이 제법 빠르다곤 하지만 이 상황에서 뛸 이유는 전혀 없거든요.
　−스톰즈 선수들, 연이어서 훌리오 우레아스 선수를 도와주는 느낌입니다.

　무사 주자 1루가 2사에 주자 없는 상황으로 변하면서 훌리오 우레아스도 조금 진정을 되찾았다.
　반면 김주현은 흐름을 이어가야 한다는 부담이 컸다.
　그 결과 훌리오 우레아스의 유인구에 걸려들어 삼진을 당하고 말았다.

　−훌리오 우레아스 선수, 최준 선수에게 홈런을 허용하긴 했지만 더 이상의 실점 없이 이닝을 마무리 짓습니다.
　−5이닝 1실점이니까요. 여전히 제 몫을 다 하고 있다고 봐도 충분해 보입니다.
　−하지만 스톰즈의 마무리는 여전히 한정훈 선수가 지키

고 있는데요.

　–물론 한정훈 선수가 무실점 피칭을 이어가고 있긴 하지만 추가 득점 기회를 타자들이 허무하게 놓쳤기 때문에 한정훈 선수도 흔들릴 가능성이 높습니다.

　민한기 해설위원은 제아무리 한정훈이라 하더라도 한 점 차 승부는 부담스러울 수밖에 없다고 여겼다.

　게다가 다이노스의 타순도 좋았다.

　5번 박성민과 6번 나성검, 그리고 7번 모창인.

　세 타자 모두 장타력을 갖추고 있었다.

　하지만 한정훈은 마치 아무 일도 없었다는 것처럼 마운드에 올라서 박성민과 나성검, 모창인을 깔끔하게 처리해 버렸다.

　박성민은 원 스트라이크에서 2구째 체인지업을 잡아당겨 유격수 앞 땅볼 아웃.

　나성검은 투 스트라이크 원 볼 상황에서 바깥쪽으로 흘러나가는 투심 패스트볼을 바라만 보다 삼진 아웃.

　모창인은 바깥쪽으로 휘어져 나가는 초구 커터를 건드려 1루수 파울 플라이 아웃.

　세 타자를 잡아내는 데까지 한정훈이 던진 공은 고작 7개에 불과했다.

　5회까지 총 투구 수는 49구.

탈삼진은 무려 9개를 뽑아냈다.

물론 훌리오 우레아스도 호투를 이어갔다.

1실점하긴 했지만 5회까지 64구를 던지며 탈삼진 7개를 솎아냈다.

이 정도면 명품 투수전이라 불려도 손색이 없었다.

하지만 경기를 지켜보는 다이노스 팬들의 얼굴은 반쯤 패배로 물든 상태였다.

"하아, 시팔. 망했다."

"이래서 한정훈 등판 때 경기장 안 오려고 했는데……."

"됐어. 시팔. 오늘 경기 포기하고 내일부터 세 경기 잡으면 돼!"

"그래! 한 경기 줘버려 그냥!"

좀처럼 빈틈을 보이지 않는 한정훈의 완벽투는 6회에도 이어졌다.

세 타자를 상대로 탈삼진 2개를 추가하며 훌리오 우레아스의 추격을 저만치 따돌렸다.

반면 훌리오 우레아스는 경기 초반만큼의 모습을 보여주지 못했다.

최준의 홈런으로 인한 충격에서 벗어나는 듯하다가도 갑자기 제구가 흔들려 사사구를 남발했다.

다행히 위기 때마다 야수들의 호수비가 이어지면서 추가 실점을 하지는 않았지만 7회를 마친 시점에서 100구가 되어버린 투구 수를 감안했을 때 더 이상의 피칭은 어려워 보였다.

"8회부터는 불펜 준비시키세요."

결국 김영문 감독은 스톰즈보다 먼저 불펜을 가동시켰다.

한정훈의 이닝 소화 능력을 감안했을 때 당연한 결과이긴 했지만 훌리오 우레아스를 예상만큼 끌고 가지 못하는 건 아쉬움이 컸다.

그래서 김영문 감독은 따로 선두 타자 손하섭을 불렀다.

그리고 수단과 방법을 가리지 않고 어떻게든 출루해 줄 것을 주문했다.

"최선을 다하겠습니다."

손하섭도 단단히 고개를 끄덕였다.

팀 내에서도 악바리라 불리는 그의 성격상 이대로 한정훈에게 눌려 경기를 끝내고 싶은 마음은 추호도 없었다.

게다가 팀을 위해서라도 손하섭이 꼭 출루를 해줘야 하는 상황이었다.

2번 손하섭을 시작으로 3번 에릭 테일즈와 4번 바이언 벅스턴, 5번 박성민으로 이어지는 타순이다.

손하섭이 출루에 성공하기만 한다면 리그 최강이라 불리는 3, 4, 5번 타순까지 기회를 끌고 갈 수 있었다.

"자, 와라!"

손하섭이 방망이를 단단히 움켜쥐며 한정훈을 노려봤다.

선발투수들이 가장 큰 피로감을 느낀다는 7회다.

한정훈도 인간인 만큼 7회에는 구속이 떨어지길 기대했다.

하지만 작년 한 해 체력 훈련을 충실하게 해온 한정훈은 7회는 물론 8회에도 떨어지는 법이 없었다.

퍼엉!

한정훈이 내던진 초구가 순식간에 손하섭의 몸 쪽을 파고들었다.

컷 패스트볼.

전광판 구속은 자그마치 156km/h를 찍었다.

그러나 손하섭이 타석에서 느낀 구속은 그보다 훨씬 빨랐다.

가뜩이나 빠른 공이 마지막 순간에 날카롭게 몸 쪽으로 꺾여 들어오는데 감히 방망이를 내밀 엄두조차 나지 않았다.

'하아, 진짜…….'

심판의 스트라이크 콜 소리에 정신을 차린 손하섭이 이내 고개를 절레절레 흔들어 댔다.

한정훈이 던져 대는 몸 쪽 공을 이겨내기 위해 170km/h대 피칭 머신 앞에 보호 장비 없이 서서 훈련을 하기까지 했는데도 소용이 없었다.

이상하게 경기 후반만 되면 한정훈의 공은 살아 있는 독사처럼 인정사정없이 빈틈을 파고들었다.

그렇다고 몸 쪽 공이 두려워 타석에서 물러날 수도 없는 노릇이었다.

타석에서 반 보만 물러나도 한정훈의 공은 바깥쪽 가장 먼 스트라이크존을 스치고 사라졌다.

투수판의 오른쪽을 밟고 던지는 한정훈의 스타일상 공이 도망치는 느낌이다 보니 때려내는 것 자체가 쉽지 않았다.

억지로 건드린다 하더라도 좋은 타구를 기대하기 어려웠다.

파울 아니면 평범한 내야 땅볼이 전부였다.

"후우……."

애써 숨을 고르며 손하섭이 다시 방망이를 들어 올렸다.

이미 심장은 반쯤 오그라든 상태였지만 명색에 14년 차 프로 선수로서 새파랗게 어린 후배에게 겁을 먹은 모습을 보여 줄 수는 없는 노릇이었다.

하지만 제아무리 독하게 마음을 먹는다 하더라도 몸이 느끼는 부담감은 어쩔 방법이 없었다.

파앙!

2구째 날아든 공이 몸 쪽 가장 낮은 스트라이크존을 통과하고 박기완의 미트 속에 파묻혔다.

손하섭도 이를 악물고 방망이를 휘둘러봤지만 공과는 상당한 차이를 보이며 허공을 가르고 말았다.

가뜩이나 기가 눌린 상황에서 볼카운트마저 투 스트라이크로 몰렸으니 제대로 된 타격이 될 리 만무한 일.

"스트라이크, 아웃!"

한정훈이 3구째 던진 몸 쪽 스플리터에 시원하게 헛스윙을 하며 손하섭은 3구 삼진으로 물러나고 말았다.

43장
기록 파괴자(1)

-한정훈 선수, 손하섭 선수를 삼진으로 잡아내며 다이노스전 선발 타자 전원 탈삼진을 기록합니다.

　이용구 캐스터가 담담한 목소리로 한정훈의 기록 달성 사실을 전했다.

　선발 타자 전원 탈삼진.

　말 그대로 스타팅 라인업에 포함된 9타자 모두에게 삼진을 잡아내야만 인정받는 기록이었다.

　삼진을 많이 잡아내는 투수라 하더라도 선발 타자 전원 탈삼진을 기록하기란 쉽지 않았다.

　타자들과의 상성 문제도 있고 경기 흐름의 문제도 있었다.

실점 위기에 몰렸는데 기록 달성을 위해 상대 팀 중심 타자에게 무턱대고 승부를 걸 수는 없는 일이었다.

물론 4번 타자에게 삼진을 빼앗으면 기분은 좋겠지만 그뿐이다.

타순을 불문하고 삼진은 다 똑같은 삼진이었다.

그래서 삼진에 욕심을 내는 투수들은 대게 자신에게 약한, 하위 타순의 타자들을 집중적으로 공략했다.

여차하면 큰 것을 허용할 수 있는 중심 타자들에게 삼진 욕심을 내는 경우는 드물었다.

하지만 한정훈은 달랐다.

10개 이상의 탈삼진을 기록한 경기 기록을 살펴보면 특정 타자에게 편중되기보다 여러 명의 타자에게 골고루 삼진을 뽑아내는 경우가 많았다.

덕분에 오늘 경기 전까지 한정훈은 11번이나 선발 타자 전원 탈삼진 기록을 세웠다.

비공인 기록이긴 하지만 동서 리그를 통틀어 전체 1위 기록이었다.

공동 2위 그룹이 2회에 그쳤으니 그야말로 압도적이라 할 만했다.

그리고 손하섭을 희생양으로 삼아 한정훈이 12번째 선발 타자 전원 탈삼진을 달성하자 잠잠하던 채팅방이 들썩거렸다.

└역시, 평등왕 한정훈.

└오늘도 그의 삼진은 평등했다.

└평등왕 : 허허, 이 녀석들. 하나씩 공평하게 나눠 먹어라. 배고픈 녀석들은 하나씩 더 먹고.

└손하섭 : 평등왕 님. 어째서 테일즈만 편애하시나요. 저에게도 삼진을 주세요.

└평등왕 : 하하. 미안하구나. 옜다. 먹어라. 따끈따끈한 3구 삼진이다

└다이노스 팬인데 진짜 평등왕의 배려를 미워할 수가 없다. ㅜ.ㅜ

야구팬들은 한정훈을 평등왕이라 부르며 새로운 방식으로 야구를 즐겼다.

등판만 하면 워낙 압도적으로 이겨 버리는 한정훈의 경기에서 승패에 집착하는 건 무의미해진 지 오래였다.

시즌 첫날부터 리그 1위를 지켜온 각종 기록을 언급하는 것도 마찬가지였다.

MVP 2연패를 의심하는 이들조차 없는 상황에서 뻔한 주제는 더 이상 떡밥이 되기 어려웠다.

자연스럽게 야구팬들은 한정훈이 세우는 다양한 기록들에 관심을 가지기 시작했다.

그 과정에서 그동안 보지 못했던 한정훈의 수준 높은 경기

력이 재조명되었다.

ㄴ근데 한정훈 진짜 쩔지 않냐? 선발 타자 전원 탈삼진은
한 경기 하기도 힘든데, 이건 뭐 밥 먹듯이 해버리니까.

ㄴ밥 먹듯이는 오버고. 야식 먹듯이가 맞을 듯.

ㄴ위에 놈 진짜 걸리면 손가락 부러뜨려 버린다.

ㄴ그야 한정훈은 천적이 없으니까 그렇지.

ㄴ맞아. 작년에는 한정훈 상대로 좀 친다는 타자들이 상위
팀에 한두 명씩 있었는데 올해는 멸종 상태니까.

ㄴ올 시즌 한정훈 피홈런 2개인 거 모르냐. 실투를 던져도
타자들이 못 때리는데 한정훈이 무서울 게 뭐겠냐.

ㄴ어쨌든 하위 타자들에게 삼진 몰아서 잡는 투수들보다
한정훈이 몇 수 위라고 생각함.

ㄴ그건 맞는 말. 솔까말 한정훈이 맘먹고 하위 타자 학살
했으면 400탈삼진도 가능할 듯.

ㄴ한정훈이 욕심부리지 않고 골고루 삼진을 잡아주니까
당하는 입장에서도 마음은 편하다.

야구팬들이 한정훈의 너그러움을 칭송하는 사이 3번 타자
테일즈가 또다시 삼진으로 물러났다.

세 타석 연속 삼진.

다이노스 팬들의 탄식 소리가 창원 야구장을 무겁게 울

렸다.

그러나 채팅방은 당연하다는 반응이었다.

ㄴ테일즈 올 시즌 한정훈한테 너무 약한 거 아님?

ㄴ벌써 7타수 무안타네. 그중에 삼진만 6개.

ㄴ와, 평등왕! 테일즈만 너무 편애하는 거 아니냐?

ㄴㅋㅋ 그런데 솔직히 누굴 탓해? 주둥이 잘못 놀린 대가지.

ㄴ나 아는 사람이 다이노스 통역사인데 테일즈 그런 성격 아니래. 일부러 장난스럽게 인터뷰한 건데 와전된 거임.

ㄴ개솔 노놉. 진짜 테일즈 지인 썰만 한 천 번은 본 듯.

ㄴ내 말이. 그냥 한정훈 우습게 보다 영혼까지 털리는 거라 인정하자.

올 시즌이 시작되기 직전, 한예리는 '한정훈이 에릭 테일즈를 만나면 힘을 내는 이유'라는 제목으로 기획 기사를 냈다.

첫 번째로 꼽은 이유는 MVP 2연패를 위해서였다.

작년도 MVP 투표 2위를 차지한 에릭 테일즈가 올 시즌에도 가장 강력한 도전자가 될 것이라는 이야기였다.

두 번째로 꼽은 이유는 팀의 우승을 위해서였다.

한정훈은 미디어 데이를 통해 올 시즌 작년보다 나은 성적을 거두고 싶다는 뜻을 분명하게 전했다.

그리고 작년 서부 리그 최종 2위(정규 시즌 3위)를 차지한 스톰즈가 바라볼 수 있는 상향된 성적은 서부 리그 우승밖에 없었다.

스톰즈가 서부 리그 우승을 하는 데 최대 걸림돌은 누가 뭐래도 다이노스였다.

그리고 에릭 테일즈는 다이노스가 자랑하는 지뢰밭 타선의 핵심 선수였다.

여기까지는 누구나 흔히 예상할 수 있는 이야기였다.

그러나 한예리는 항간에 떠돌던 한정훈 발끈설을 거론하며 세 번째 이유로 삼았다.

자신을 무시하는 인터뷰를 한 에릭 테일즈를 한정훈이 단단히 벼르고 있다는 이야기였다.

다이노스 팬들은 다 지난 일을 굳이 들쑤셨다며 한예리를 비난하기도 했다.

그러나 에릭 테일즈만 만나면 구속이 상승하는 한정훈의 뒤끝 피칭 앞에 다이노스 팬들은 언제 그랬냐며 입을 다물 수밖에 없었다.

ㄴ근데 왠지 바이언 벅스턴도 평등왕의 사랑을 듬뿍 받을 각인데?

ㄴㅇㅅㅇ 이번 타석에서 삼진 먹으면 제2의 테일즈가 될

지도. ㅋㅋ

에릭 테일즈에 이어 4번 타자 바이언 벅스턴이 타석에 들어서자 채팅창이 다시 뜨겁게 달아올랐다.

한정훈의 얼굴을 향해 방망이를 겨냥한 게 중계 카메라를 통해 전국에 생방송된 상황이었다.

수틀리면 얄짤없는 한정훈이 그런 바이언 벅스턴을 그냥 봐주지 않을 것이라는 게 채팅창 정론이었다.

그리고 그런 야구팬들의 예상은 정확했다.

퍼엉!

한정훈이 내던진 초구가 바깥쪽 먼 코스에 틀어박혔다.

158km/h의 포심 패스트볼.

홈 플레이트에서 한 발 물러나 있던 바이언 벅스턴에게는 도저히 칠 엄두가 나지 않는 공이었다.

하지만 구심은 당연하다는 듯이 가볍게 팔을 들어 올리며 스트라이크를 선언했다.

"크윽!"

빠득 이를 깨물던 바이언 벅스턴이 홈 플레이트 쪽으로 반 보 정도 다가왔다.

몸 쪽 공에 계속 밀리는 상황이라 홈 플레이트에 붙는 게 부담스러웠지만 더는 바깥쪽 공을 바라보고만 있을 수가 없었다.

후앗!

예상대로 한정훈은 2구째 재차 바깥쪽으로 공을 붙였다.

바이언 벅스턴은 특유의 잡아당기는 스윙 대신 그대로 방망이를 쭉 하고 내돌렸다.

자존심을 버리고 일단은 한정훈의 공을 내야 밖으로 내보낼 생각이었다.

따악!

방망이 끝으로 묵직한 울림이 전해졌다.

그러나 타구는 바이언 벅스턴의 기대를 저버리고 그대로 백네트 뒤로 넘어가고 말았다.

'젠장할. 커터라니.'

바이언 벅스턴이 고개를 절레절레 흔들어 댔다.

타격 코치로부터 절대 주눅 들지 말라고 신신당부를 받았지만 지금 서 있는 이 타석은 너무나 버겁기만 했다.

"후우……."

바이언 벅스턴은 한참 만에 방망이를 들어 올렸다.

생기를 잃은 그의 눈빛은 더 이상 대적의 의지조차 보이지 않았다.

하지만 야구팬들로부터 뒤끝 대마왕이라 불리는 한정훈이 고작 이 정도에서 응징을 멈출 리 없었다.

후아앗!

한정훈이 있는 힘껏 내던진 공이 한가운데로 날아들었다.

하이 패스트볼.

힘 있는 용병들에게 잘못 걸려들면 펜스가 아니라 야구장 밖으로 타구가 날아갈지도 모르는 위험한 코스였다.

"크아악!"

구종과 코스를 확인한 바이언 벅스턴도 이를 악물고 방망이를 휘둘렀다.

한가운데로 들어오는 공을 놓친다는 건 한때 풀타임 메이저리그를 바라보던 그의 자존심이 용납하지 않았다.

그러나 제구를 포기하고 전력으로 내던진 한정훈의 하이 패스트볼은 노린다 해도 때려내기가 어려웠다.

퍼엉!

바이언 벅스턴의 방망이보다 한발 먼저 한정훈의 포심 패스트볼이 홈 플레이트를 스쳐 지났다.

바이언 벅스턴의 스윙 소리는 매서웠지만 그것만으로는 이미 지나간 공을 때려내기는 불가능했다.

"스트라이크, 아웃!"

구심이 단호하게 삼진 콜을 내뱉었다.

3구 삼진.

더그아웃으로 돌아가는 바이언 벅스턴의 두 어깨가 축 하고 늘어졌다.

　다이노스와 스톰즈의 창원 4연전 첫 경기는 1 대 0, 스톰즈의 승리로 끝이 났다.

　승리투수는 선발 등판한 에이스 한정훈의 몫이었다.

　9이닝 2피안타 무실점, 탈삼진 17개.

　9회 말 1사 후 9번 타자 손시헌에게 빗맞은 안타를 허용하긴 했지만 박인우를 병살로 처리하며 한 점 차 리드를 지켜 냈다.

　이로서 22연승.

　유니콘즈 왕조를 이끌었던 정운태의 선발 21연승 기록이 한정훈에 의해 갱신되고 말았다.

　또한 불사조 박철선의 22연승 기록과 타이를 이루었다.

　정운태 스타즈 투수 코치는 언론사와의 인터뷰를 통해 한정훈 같은 걸출한 후배가 자신의 기록을 깨주어 기쁘다고 말했다.

　또한 좀처럼 패배를 모르는 한정훈이 30연승 이상의 대기록을 작성해 주길 바란다며 덕담을 건넸다.

　한정훈은 남은 등판 최선을 다해 좋은 모습을 보여주겠다고 화답했다.

　그리고 자신이 뱉은 말에 책임을 지듯 남은 세 경기에서 모두 승리를 챙기며 선발 연승 기록을 25경기로 늘렸다.

한정훈이 선발 25연승 기록을 세우자 일본과 미국이 들썩 거렸다.

[한정훈. 다나카 마즈히로 선발 24연승 기록 경신!]
[한국의 에이스 한정훈! 다나카의 연승 기록을 넘어서다!]

일본 야구 최다 연승 기록은 다나카 마즈히로가 세운 30연 승(포스트 시즌 2승 포함)이다.

그중 한 시즌 연승 기록은 다나카 마즈히로가 메이저리그 에 진출하기 직전에 세운 24연승이었다.

이웃 나라 한국의 데뷔 2년 차 투수 한정훈에게 다나카 마 즈히로의 24연승 기록이 깨지자 대부분의 일본 야구 전문가 는 한목소리로 평가 절하에 나섰다.

"한국과 일본 리그의 수준 차이를 고려할 필요가 있습 니다."

"맞습니다. 일례로 한국에서 9시즌 동안 300개가 넘는 홈 런을 때려냈던 이승혁이 일본에서 8년간 때려낸 홈런은 159 개에 불과합니다. 이승혁이 고전할 정도로 일본의 투수들은 강하고, 그런 투수들을 상대해야 하는 타자들도 강합니다. 12구단 체제로 들어서면서 경기력이 떨어지는 한국 리그에 서의 기록과 직접적으로 비교한다는 거 자체가 무례한 짓이 라고 생각합니다."

"일본에 와서 성공한 한국의 선발투수가 없다는 점도 고려해야 한다고 생각합니다."

"한정훈 선수가 좋은 선수인 건 분명하지만, 글쎄요. 일본에서 20승을 거둘 수 있을지에 대해서는 솔직히 회의적입니다."

부상에서 회복해 양키즈의 에이스로 맹활약 중인 다나카 마즈히로는 일본이 자랑스러워하는 대표적인 메이저리거였다.

그렇다 보니 한정훈이 연승 기록 하나만으로 다나카 마즈히로와 동등해지는 걸 경계했다.

인터넷상에서는 리그의 수준 차이를 떠나 다나카 마즈히로가 세운 커리어부터 따라잡으라는 비아냥거림이 줄을 이었다.

반면 미국 쪽의 반응은 달랐다.

[코리안 쇼크! 선발 25연승 신기록 수립!]
[25연승 한정훈. 스톰즈를 우승으로 이끌다!]

미국의 주요 언론 매체들은 한정훈의 선발 25연승 사실을 크게 보도했다.

미국 야구팬들도 한목소리로 한정훈의 메이저리그 입성을 재촉했다.

└한! 그만하면 됐어! 어서 레인저스로 오라고! 추가 활약할 시간이 얼마 남지 않았어!

└무슨 말도 안 되는 헛소리를 하는 거야? 한은 일찌감치 트윈스에 들어오기로 약속이 되어 있다고!

└너희는 자리나 만들어 놓고 떠들지? 오리올스는 확실하게 1선발을 비워놓은 상태라고!

└픕! 오리올스라니. 장난해? 한국 야구 선수들이 제일 싫어하는 구단이잖아. 왜? 한에게도 쥐꼬리만큼 기회를 주고 마이너로 강등시키고 싶은 거야?

└맞아. 한을 영입할 수 있는 구단은 29개 구단이지. 오리올스는 자격 없어. 그리고 실질적으로 한을 영입할 수 있는 구단은 많아야 6개 정도 아닐까?

└양키즈나 레드삭스 놈들은 요즘 왜 이렇게 조용한 거야? 설마 다저스에게 한을 빼앗긴 건가?

└패배자들이 찌질 거리는 게 한심스러워서 지켜만 본 거다. 두고 봐라. 한은 무조건 핀 스트라이프를 입게 될 테니까.

└한정훈 SNS 계정에 빨간 양말 신고 찍은 사진 못 본 거냐? 이미 게임 끝났다. 양키즈 멍청이들아.

└그거 도용된 거라고, 멍청아. 한정훈은 SNS 안 한다니까?

한정훈의 기사마다 야구팬들은 저마다 자신이 응원하는 구단으로 오라며 러브 콜을 보냈다. 제도상 한정훈이 메이저 리그에 진출하기까지는 시간이 필요했지만 미국 야구팬들의 관심은 좀처럼 사그라질 기미가 보이지 않았다.

게다가 그 열기는 오타니 쇼헤가 메이저리그 진출을 선언 했을 때보다도 훨씬 뜨거웠다.

ㄴ그런데 한이 그렇게 대단한 투수인가? 결국 아시아인 아냐? 난 한이 다저스에 와도 한국에서처럼 잘할 것 같지 않은데.

ㄴ맞아. 일본도 아니고 한국에서 그 정도 던진다고 해서 메이저리그에서 성공하리라는 보장은 없잖아. 안 그래? 그러니까 제발 양키즈는 피해줘. 형편없는 선수에게 거금을 주는 레인저스에나 가버리라고.

일부 일본 팬은 특정 구단 팬을 자처하며 한정훈을 깎아내렸다. 하지만 그런 의견들은 금세 묻혀 버렸다.

ㄴ딱 봐도 일본인들인 거 같은데 헛소리는 너희 나라 가서 해줄래?

ㄴ양키즈 팬인 척 까불지 마라. 만약에 한이 다른 구단 유니폼 입으면 너부터 가만 안 둘 테니까.

한정훈을 원하는 목소리가 나날이 뜨거워지자 메이저리그 각 구단도 애가 타기 시작했다.

특히나 한정훈을 영입할 가능성이 높다고 평가를 받는 구단들은 발등에 불이 떨어지기라도 한 것처럼 굴었다.

"한정훈 선수를 우리 레인저스에 데려올 수 있기는 한 겁니까?"

존 다니엘 레인저스 단장이 초조한 얼굴로 고개를 들었다. 그의 앞에는 세 명의 스카우트와 두 명의 단장 보좌역이 앉아 있었다.

"그야 우리가 얼마를 제시할 수 있느냐에 달렸겠죠."

올 시즌 단장 보좌역으로 레인저스에 합류한 스티븐 콜먼이 뻔한 소리를 주절거렸다. 그러자 다른 이들이 고개를 주억거렸다. 뻔하긴 했지만 솔직히 돈을 싫어하는 프로 선수는 없었다.

하지만 존 다니엘 단장이 듣고 싶은 이야기는 그런 뻔한 소리가 아니었다.

"고작 그런 소리를 들으려고 당신에게 그 연봉을 주는 게 아닐 텐데요."

존 다니엘 단장이 미간을 찌푸렸다. 자연스럽게 스티븐 콜먼의 입가에 머물렀던 미소가 사라져 버렸다.

"크흠, 뭐 우리 구단에서 한정훈 선수 같은 대어를 영입하는 데 돈을 아낄 리는 없겠죠."

노련한 스카우트 팀장 마크 베인이 분위기를 환기시켰다.

"세금 문제까지 고려한다면 한정훈 선수도 1차적으로 레인저스를 고려할 수밖에 없을 겁니다."

피터 제이슨 특별 보좌관이 냉큼 말을 받았다. 탄탄한 재정에 절세로 무장한 레인저스의 총알 공세는 메이저리그를 대표하는 빅 마켓 구단들조차 두려움에 떨게 만들 정도였다.

문제는 그런 이점이 지금 이 순간에도 유지가 되느냐는 것이었다.

"정확한 소식은 아닙니다만 양키즈에서 한정훈의 세금 대납을 논의 중이라고 합니다."

카일 그린 아시아 담당 스카우터가 조심스럽게 말을 꺼냈다. 그러자 스티브 콜먼이 충분히 가능한 일이라며 고개를 끄덕였다.

"천정부지로 치솟는 한정훈의 몸값을 감안했을 때 세금을 대신 내주는 편이 차라리 나을 수도 있겠죠."

특정 선수에게 지나치게 많은 연봉을 주는 건 구단 운영 측면에서 좋지 않은 선택이었다. 할 수 있다면 수단과 방법을 총동원해 볼륨을 줄이는 게 여러모로 이로웠다.

"양키즈가 사치세를 걱정할 구단은 아닐 텐데요?"

피터 제이슨이 이해할 수 없다는 얼굴로 스티브 콜먼을 바라봤다. 그러자 스티브 콜먼을 대신해 마크 베인이 피식 웃으며 대답했다.

"그보다는 팀 케미스트리를 고려한 결정이겠죠."

현재 한정훈을 원하는 모든 구단은 똑같은 고민거리를 가지고 있었다. 어마어마한 돈 싸움의 승자가 되어 한정훈을 영입했을 때 과연 팀이 제대로 유지가 될 수 있느냐는 점이었다.

물론 두 시즌 연속 몬스터급 활약을 펼친 한정훈이 시즌 초반에 완벽하게 자리를 잡아준다면 다른 선수들도 충분히 고개를 끄덕일 것이다.

하지만 만에 하나, 한정훈에게 메이저리그 적응기가 필요한 상황이 된다면 이야기는 달라진다.

엄청난 거액을 받고 입단할 게 뻔한 한정훈이 초반 부진한 활약을 펼친다면 선수들의 불만은 극에 달할 것이다. 언론에서도 실패한 영입이라며 집중포화를 쏟아낼 것이다.

그 피해가 한정훈에게 가서 메이저리그 정착에 실패하는 상황이 발생하기라도 한다면 그 천문학적인 피해는 고스란히 구단의 몫으로 남게 될 것이다.

그렇다 보니 만에 하나 있을지 모를 최악의 상황을 방지하기 위해 세금을 보전해 주는 방식으로 한정훈의 연봉 총액을 낮추려는 눈치 싸움이 시작된 것이다.

"와우, 대체 한정훈의 몸값이 얼마나 높아진 겁니까?"

피터 제이슨이 혀를 내둘렀다. 돈지랄이라면 메이저리그 구단 중 첫 손에 꼽히는 양키즈에서 꼼수를 부릴 정도라니.

한정훈의 몸값이 어느 정도일지 좀처럼 감이 오지 않았다.

그러자 케일 그린이 조심스럽게 입을 열었다.

"작년까지만 해도 포스팅 비용을 제외하고 대략 2억에서 2억 5천만 달러 선이었습니다."

"허, 2억이요? 계약 기간이 10년 정도 된답니까?"

"아니요. 2억은 6년 기준. 2억 5천은 7년 기준입니다."

"세상에! 그건 말도 안 됩니다!"

피터 제이슨이 펄쩍 뛰었다. 비야구인 출신답게 한정훈의 몸값에 지나친 거품이 꼈다고 판단한 것이다.

그러나 그를 제외한 누구도 놀라거나 당황스러워하지 않았다.

"진정해요, 피터. 그것도 최소한의 협상 시작 금액이었습니다."

"허! 세상에 그런 미친 생각을 한 구단이 몇이나 됩니까?"

"레인저스를 포함한 연봉 총액 상위 10개 구단."

"……!"

"나머지 20개 구단은 빚을 내서라도 한정훈의 영입 비용을 마련해야 한다는 이야기가 나왔고요."

"……!"

피터 제이슨은 쩍 벌어진 입을 힘겹게 다물었다. 그리고 사실 확인을 하듯 존 다니엘 구단주를 바라봤다.

그러나 존 다니엘 구단주는 야구에 야자도 모르는 피터 제이슨과 쓸데없이 입씨름하고 싶지 않았다. 피터 제이슨을 굳이 이 자리에 부른 건 한정훈의 필요성을 알려주기 위해서였다. 한정훈을 영입하기 위한 최적의 계약 조건 따위가 필요했던 게 아니었다.

"올해는 어떻습니까?"

피터 제이슨의 시선을 외면한 채 존 다니엘이 케일 그린을 바라봤다. 그러자 케일 그린이 두어 번 헛기침을 한 뒤에 천천히 입을 열었다.

"일단 최소 3억 달러 선으로 이야기가 나오고 있습니다."

"3억 달러라. 계약 기간은 그대로입니까?"

"아니요. 최대 6년 기준이고 총액을 조금 낮춰 5년 계약을 강행하겠다는 구단도 나오고 있습니다."

케일 그린의 말이 끝나기가 무섭게 사무실은 침묵에 휩싸였다.

6년에 3억 달러.

연평균 연봉만 5,000만 달러에 달하는 엄청난 계약이었다.

일본 무대를 평정하고 올 초 매리너스와 계약한 오타니 쇼헤와 비교해도 한정훈의 몸값은 부담스러울 정도였다.

포스팅에서 승리한 매리너스가 오타니 쇼헤에게 최종적으로 안겨준 금액은 총액 2억 4천만 달러였다. 계약 기간은 7년. 연평균 연봉으로 따지면 3,400만 달러에 달하는 초대형 계약이었다.

이 계약이 발표되자 매리너스가 오타니 쇼헤의 몸값 거품을 키웠다는 논란이 상당했다. 당시 양키즈가 제시했던 금액이 2억 1천만 달러였고 레인저스도 2억 달러를 불렀다. 그럼에도 오타니 쇼헤가 매리너스를 선택했던 건 그만큼 매리너스에게 과한 몸값을 챙겨줬기 때문이었다.

일부 매리너스 팬은 시즌 티켓 환불을 요구하며 구단의 생각 없는 과잉 지출에 항의하기도 했다. 그나마 다행히도 오타니 쇼헤가 올 시즌 17승을 거두며 거품 논란은 어느 정도 잦아들긴 했지만 다른 구단들은 물론 매리너스 구단에서조차 오타니 쇼헤의 몸값이 과했다는 사실을 인정하고 있었다.

3,400만 달러를 받는 투수가 17승을 거뒀으니 1승당 200만 달러를 지출한 셈이었다. 오타니 쇼헤의 맹활약 덕분에 매리너스가 시즌 막판까지 포스트 시즌 경쟁을 할 수 있었지만 과연 그 지출이 효율적이었는지에 대해서는 고민해 볼 여지가 많았다.

그런데 시장에 나도는 한정훈의 몸값이 총 3억 달러라니. 케일 그린이 모두를 놀리기 위해 거짓말이라도 하는 듯한 기분마저 들었다.

"한정훈 선수가 커셔보다 더 나은 투수인 겁니까?"

한참 만에 스티븐 콜먼이 입을 열었다. 한정훈이 좋은 선수라는 건 알고 있지만 연평균 5천만 달러는 과해도 너무 과했다.

올 시즌 다저스와 새롭게 재계약한 클레이튼 커셔도 계약 기간 7년에 총액 2억 8천만 달러에 그쳤다. 연평균 4천만 달러 시대를 열었지만 과하다기보다는 당연하다는 의견이 더 많았다.

현존하는 메이저리그 최고의 투수. 그리고 앞으로 활약이 이어진다고 가정했을 때 메이저리그 역대 최고의 좌완 투수 중 한 명이 될 선수. 이런 클레이튼 커셔보다 한정훈의 몸값이 더 높아진 것이다.

그러나 정작 스카우터들은 충분히 그럴 수도 있다는 반응이었다.

"지금 당장은 커셔보다 나은 투수라고 확신하기는 힘듭니다. 하지만 적어도 3년 이내에 최소 커셔만큼의 활약은 펼쳐 줄 것이라고 생각합니다."

스카우터들을 대표해 마크 베인이 소신껏 대답했다. 당장의 실력보다는 미래 가치를 보는 스카우터의 입장에서 다소 거품이 낀 평가일수도 있겠지만 한정훈이 지금 보여주고 있는 피칭이 일시적인 게 아니라는 사실만큼은 단언할 수 있었다.

"한정훈은 작년에 나무랄 게 없는 피칭을 선보였습니다. 그래서 대부분의 스카우터가 올 시즌에는 다소 부침이 있을 것이라 예상했죠. 하지만 올 시즌 한정훈은 작년을 뛰어넘는 성적을 보여주었습니다. 게다가 그는 이제 스무 살입니다.

예정대로 2년 후 메이저리그에 입성한다 하더라도 스물셋입니다. 정리하자면 우리는 지금 스물세 살에 한국 리그를 초토화시키고 메이저리그에 쳐들어올 역대급 재능을 갖춘 선수에 대해 이야기하고 있는 겁니다."

케일 그린도 목소리를 높였다. 시장에 형성된 한정훈의 몸값이 과한 건 사실이었지만 그렇다고 실력도 없는 선수를 터무니없는 거품으로 부풀려 놓은 건 결코 아니었다.

"로버트, 당신의 생각은 어때요?"

존 다니엘 구단주가 침묵을 지키고 있는 로버트 킴에게 향했다. 그러자 로버트 킴이 좌중을 한번 살피고는 신중하게 입을 열었다.

"이런 논쟁이 있다는 것 자체가 한정훈 선수를 영입하는 가장 큰 걸림돌이라고 생각합니다."

로버트 킴은 이 자리에 모여 있는 이들 중 가장 젊었다. 스카우터로서의 경력도 짧았다. 그러나 그가 내뱉은 말을 우습게 여기는 사람은 아무도 없었다.

로버트 킴의 공식 직함은 레인저스 소속 한국 담당 스카우터. 하지만 그가 실제 한국에서 하는 일은 한정훈의 일거수일투족을 파악하는 것이었다. 쉽게 말해 한정훈 전담 스카우터인 셈이었다.

한정훈 전담 스카우터를 파견한 건 레인저스 구단이 최초도, 유일한 것도 아니었다. 라이벌 구단인 양키즈와 레드삭스는 작년 말에 일찌감치 한정훈 전담 스카우터를 한국에 보냈다.

그 사실을 알게 된 존 다니엘 단장은 한국계 스카우터인 로버트 킴을 사무실로 불러들였다. 그리고 한정훈에 대한 그 어떤 사소한 것도 좋으니 전부 알아내라는 특별 지시를 하달했다.

자신의 두 어깨에 한정훈과의 계약이 걸려 있다고 생각한 로버트 킴은 그 누구보다 열심히 일했다. 덕분에 존 다니엘 단장도 한정훈에 대해 비교적 많은 정보를 손에 넣을 수 있었다.

그래서일까. 존 다니엘 단장은 다른 이들보다 로버트 킴의 경고를 진지하게 받아들였다.

"한정훈 선수를 영입하는 데 불필요한 잡음을 최소화해야 한다는 의미입니까?"

존 다니엘 단장이 로버트 킴을 바라봤다. 솔직히 몸값으로 3억 달러 이야기가 나도는 투수를 아무런 잡음 없이 데려온다는 건 불가능에 가까웠다.

하지만 정말로 그런 게 문제가 될 것 같다면 한정훈 영입에 나서기 전에 모든 잡음을 깔끔하게 없애 버릴 생각이었다.

하지만 로버트 킴은 그렇게 극단적인 이야기를 하려던 게 아니었다.

"논의는 있을 수 있습니다. 그건 당연한 과정입니다. 하지만 한정훈 선수를 영입하겠다는 결정이 내려졌는데도 불구하고 이견이 남아 있다면 한정훈 선수가 레인저스에 올 가능성은 그만큼 줄어들 것이라고 생각합니다."

로버트 킴이 하고 싶은 말은 간단했다. 지금 당장은 무리겠지만 나중에 한정훈이 메이저리그에 본격적으로 진출하는 시점에서는 모두가 한목소리로 한정훈을 원하게 만들어야 한다는 것이었다.

"흠……."

존 다니엘 단장은 이내 고개를 끄덕였다. 확실히 로버트 킴의 의견에 일리가 있었다. 막상 한정훈 영입전에 나섰는데 내부에서 태클이 들어온다면 전력을 다하기도 전에 고꾸라지고 말 것이다.

당장 이 자리에 모인 다섯 명조차 의견이 갈리고 있었다. 오랜 시간 한정훈을 관찰해 온 스카우터들이야 한정훈의 가치를 누구보다 잘 알고 있지만 두 보좌역은 생각이 조금씩 달랐다.

피터 제이슨과 스티븐 콜먼. 자신을 보좌하는 가까운 수족조차 완벽하게 제 편으로 만들지 못하면서 한정훈에 대해 부정적인 이들의 마음을 움직이려는 건 가당치도 않은 일이었다.

'피터에게는 야구에 적응할 시간이 필요해. 앞으로 한두

해 정도 더 야구 물을 먹으면 선수들의 가치를 판단하는 시각이 달라질지도 모르지. 문제는 스티븐이야.'

존 다니엘 단장의 시선이 자연스럽게 스티븐 콜먼에게 향했다. 백인 우월주의 성향이 강한 그는 보수적인 투자자들과 돈독한 인맥을 형성하고 있었다.

만일 스티븐 콜먼이 아시아인이라는 이유만으로 한정훈의 실력을 부정한다면 한정훈을 레인저스 파크 마운드에 세우겠다는 원대한 계획이 물거품으로 변할 가능성이 높았다.

그나마 다행히도 스티븐 콜먼은 한정훈의 필요성까지 부정하지는 않고 있었다. 그렇다고 스티븐 콜먼이 인정하는 수준에서 배팅을 하는 건 한정훈을 포기하겠다고 자인하는 꼴밖에 되지 않았다.

'스티븐을 설득시키려면 한정훈을 직접 보여주는 수밖에 없어.'

존 다니엘 단장이 손가락으로 책상을 두드렸다.

가장 좋은 방법은 레인저스 파크에서 한정훈의 쇼케이스를 여는 것이다. 레인저스 파크에 팬들과 투자자들을 모아놓고 한정훈이 공을 던지도록 만든다면, 자신들의 두 눈으로 한정훈의 진가를 확인하게 만든다면 3억 달러가 아니라 그 이상의 돈을 배팅하는 것도 가능할지 몰랐다.

하지만 메이저리그 전 구단의 러브콜을 받고 있는 한정훈이 그런 부담스러운 쇼케이스에 응할 리 없었다. 게다가 당장 메이저리그에 진출하는 게 아닌 한정훈의 쇼케이스를 준비하는 것도 불가능한 일이었다.

그렇다고 한정훈이 메이저리그에 진출하려는 시점에서 뭔가를 준비하는 건 너무 늦었다.

한정훈이 지금의 성적을 유지한다면 그의 몸값은 지금보다 더 치솟을 것이다. 반면 클레이튼 커셔는 다년 계약에 묶인 상태다.

지금도 한정훈의 몸값은 클레이튼 커셔와 1,000만 달러 차이가 나고 있다. 그런데 2년 후 둘의 더 격차가 벌어진다면? 스티븐 콜먼뿐만 아니라 보수적인 투자자들의 인식을 바꾸기가 더욱 어려워질 것이다.

뭔가를 하려면 지금 해야 했다. 하지만 무대가 마땅치 않았다.

그나마 존 다니엘 단장의 머릿속을 스쳐 지나는 건 2017년부터 시작된 한미 올스타전뿐이었다.

짝수 해마다 열리는 미일 올스타전에 빗대어 한국과 미국은 오래전부터 한미 올스타전 개최를 위해 꾸준히 협의를 거쳐 왔다. 그리고 지난 2017년을 기점으로 홀수 해마다 한미 올스타전을 열기로 협의가 끝이 났다.

2019년인 올 시즌에도 미국에서 한미 올스타전이 열릴 예정이었다.

문제는 한미 올스타전의 성공 여부였다. 지난 대회에서 비

주전급 선수들을 파견한 것에 대해 격분한 한국 측에서 올 시즌 대회를 보이콧할지 모른다는 소문이 파다한 상태였다.

물론 양국의 야구 기구가 협의한 대회가 그렇게 쉽게 좌초 될 가능성은 없었다. 하지만 미국에서 이번에도 성의를 보이 지 않는다면 한국 대표팀 명단에 한정훈이 빠질 가능성이 농 후한 상태였다.

"이번 한미 올스타전에서 한정훈 선수를 보려면 어떻게 해 야 합니까?"

존 다니엘 단장이 스티븐 콜먼을 바라봤다. 그러자 스티븐 콜먼이 어깨를 으쓱해 보였다.

"각 구단에서 필수적으로 주전급 선수 1명씩을 차출하면 한정훈을 볼 수 있겠죠. 하지만…… 그럴 리가 있겠습니까?"

스티븐 콜먼은 주전급 선수 차출이 쉽지 않을 것이라고 말 했다. 국제 대회도 아니고 이벤트성 대회다. 게다가 상대는 일본이 아니라 한국이었다. 이런 대회에 주전급 선수에게 출 전을 종용했다가 노조의 반발을 사게 될 가능성이 높았다.

설사 레인저스에서 솔선수범, 수준급 선수를 출전시킨다 하더라도 다른 구단에서 동참할 가능성은 낮았다. 11월. 선 수들이 부상당할 가능성이 높은 쌀쌀한 날씨에 주전급 선수 를 이벤트 대회에 출전시킨다는 건 위험 부담이 너무 큰 일 이었다.

그러나 존 다니엘 단장은 망설이지 않고 곧장 다저스 앤디 프리드먼 사장에게 직접 전화를 넣었다. 그리고 한정훈을 메이저리그 구장에서 공을 던지게 만들자는 계획을 전했다.

-좋은 생각입니다. 한정훈 선수, 거품이 너무 끼어 있어요. 메이저리그 구장에 세우면 그의 진가를 알게 되겠죠.

앤디 프리드먼 사장은 기대 이상의 격한 반응을 보였다. 그리고는 내셔널 리그 구단들의 설득을 책임지겠다며 존 다니엘 단장의 어깨를 가볍게 만들어주었다.

존 다니엘 단장은 뒤이어 브라이언 캐시 양키즈 단장에게 전화를 걸었다. 존 다니엘 단장과 비슷한 딜레마에 빠져 있었던 브라이언 캐시 단장은 군말 없이 고개를 끄덕였다.

-좋습니다. 한정훈 선수에 대한 실력 점검이 필요했던 상황이니까요. 적극 협조하겠습니다.

메이저리그 빅 마켓 구단들을 중심으로 한미 올스타전을 성공 개최하자는 분위기가 만들어지기 시작했다.

명분도 그럴듯했다. 이번 대회가 미국에서 열리는 만큼 전 세계적으로 흥행하는 모습을 선보일 필요가 있다는 것이었다.

그러나 다들 속셈은 따로 있었다.

바로 한정훈.

미국에서 열리는 한미 올스타전은 수많은 전문가의 입으로만 전해 듣던 한정훈의 메이저리그 성공 가능성을 점쳐 볼 수 있는 절호의 기회였다.

물론 각 구단의 희망 사항은 조금씩 달랐다.

"메이저리그의 무서움을 알게 된다면 투수 친화적인 구장을 홈구장으로 사용한다는 게 얼마나 큰 이점인지도 여실히 깨닫겠지."

다저스 앤디 프리드먼 사장은 이번 기회에 한정훈의 거품이 완전히 걷히길 기대했다. 내구성이 약한 아시아 투수를 상대로 3억 달러 운운하는 건 미친 짓에 지나지 않았다.

한정훈이 낯선 환경에 적응하지 못하고 부진한 투구를 펼친다면 그 핑계로 한정훈의 몸값을 대폭 낮출 수 있었다. 만약 그 몸값이 자신의 기대치만큼 떨어진다면 한정훈을 원하는 팬들을 위해 영입전에 나설 마음까지 먹은 상태였다.

재정이 튼튼하지 않은 스몰 마켓 구단들도 비슷한 생각이었다. 앤디 프리드먼 사장처럼 한정훈의 가치가 폭락하길 바라지는 않지만 어느 정도는 몸값이 진정되길 바랐다.

오타니 쇼헤를 기준으로 보더라도 한정훈의 몸값은 지나치게 치솟은 경향이 없지 않았다.

"한정훈이 적당히만 던져 주길 기대해야지."

"맞아. 3이닝 1실점, 아니, 2실점 정도면 딱 좋겠어."

비시즌 이벤트전인 걸 감안했을 때 한정훈이 굳이 잘 던질 필요는 없었다. 메이저리그 주전급 선수들을 상대로 주눅 들지 않는 피칭만 선보여도 일단 합격이었다.

거기에 욕심을 조금 보태 적당히 맞아준다면 한정훈의 몸값을 안정시키는 데 도움이 될 것 같았다.

반면 존 다니엘 단장을 비롯해 한정훈 영입전에 사활을 걸고 있는 빅 마켓 구단들의 기대치는 달랐다.

"3이닝 퍼펙트. 한정훈이라면 가능하지 않을까?"

"한정훈이 몸을 어떻게 만들어 오느냐에 따라 다르겠지만 충분히 가능성은 있지."

"안타 한두 개 맞아도 상관은 없어. 위기관리 능력도 함께 볼 수 있으니까. 대신 장타는 안 돼. 실점도 안 되고."

"믿으라고. 한정훈이잖아. 우리를 설레게 만든 선수라면 그 정도는 해낼 거야."

빅 마켓 구단들은 한정훈이 완벽에 가까운 피칭으로 팬들과 투자자들을 단숨에 사로잡길 바랐다. 그래서 한정훈 영입전이 자신들만의 싸움이 되길 희망했다.

하지만 정작 한정훈은 포스트 시즌을 준비하느라 미국 쪽 반응을 전혀 신경 쓰지 못하고 있었다.

한정훈의 마지막 등판 경기에서 리그 1위가 확정되면서 스톰즈는 곧장 리그 챔피언십 시리즈에 직행했다.

작년 우승팀 다이노스는 스톰즈와의 게임 차를 좁히지 못하고 2위로 시즌을 마쳤다. 스톰즈와의 홈 4연전을 1승 3패, 루징 시리즈로 끝낸 게 컸다.

3위는 치열한 접전 끝에 베어스를 제치고 라이온즈가 차지했다. 베어스가 막판 8연승을 거두며 분전했지만 꾸준히 승리를 챙긴 라이온즈를 잡아내지 못했다.

　4년 만에 포스트 시즌에 복귀한 라이온즈는 축제 분위기였다. 전문가들도 라이온즈가 리빌딩에 성공했다며 극찬을 아끼지 않았다.

　하지만 라이온즈의 젊은 패기만으로는 다이노스의 아성을 넘기가 쉽지 않았다.

　평균 자책점 리그 2위였던 라이온즈 투수들은 다이노스 타자들에게 쉽게 점수를 헌납했다. 타율 리그 3위였던 라이온즈 타자들도 만만찮게 안타를 때려냈지만 선두 경쟁을 포기하고 일찌감치 포스트 시즌 준비에 들어간 다이노스를 당해내지 못했다.

　3승 1패. 팽팽할 것이라는 전문가들의 예상을 뒤엎고 플레이오프는 다이노스의 일방적인 승리로 끝이 났다. 그리고 스톰즈와 다이노스의 서부 챔피언십 시리즈의 막이 올랐다.

44장
기록 파괴자(2)

플레이오프 결과

동부 – (2위)대전 이글스 3 : 2 광주 타이거즈(3위)

서부 – (2위)창원 다이노스 3 : 1 대구 라이온즈(3위)

　5전 3선승제로 치러진 양대 리그 플레이오프 결과는 전문
가들의 예상을 빗나갔다.

　동부 리그 플레이오프의 경우 전문가들은 일찌감치 이글
스의 완승을 점쳤다.

　시즌 내내 와이번스와 1위 싸움을 하며 6할이 넘는 승률을
기록한 이글스와 5할 승률로 포스트 시즌 막차를 탄 타이거
즈의 객관적인 전력 차이를 감안했을 때 당연한 결과였다.

10명의 전문가 중 7명이 시리즈 전적 3 대 0, 이글스의 완승을 점쳤다.

나머지 3명은 3 대 1로 이글스가 이길 것이라 내다봤다.

그러나 정작 동부 리그 플레이오프는 5차전까지 이어졌다.

초반 기세는 이글스가 잡았다.

15승 용병 듀오인 카를로스 라이든과 이스마일 로저스를 1, 2차전에 나란히 등판시키며 대전 2연전을 싹쓸이했다.

이때까지만 해도 이글스가 3전 전승으로 챔피언십 시리즈에 진출할 것이라는 예측이 지배적이었다.

하지만 오랜만에 가을야구를 하게 된 타이거즈도 호락호락 물러서지 않았다.

국내 선발투수 맞대결로 펼쳐진 3, 4차전에서 윤성민과 양현중이 이글스 타선을 제압하며 승부를 원점으로 되돌린 것이다.

2승 2패.

대전에서 치러진 최종전에서 양 팀은 배수의 진을 쳤다.

이글스는 올 시즌 에이스 노릇을 하던 카를로스 라이든 카드를 꺼내 들었다.

반면 타이거즈는 올 시즌 10승을 거두며 선발 한 자리를 꿰찬 사이드암 박정서에게 기회를 주었다.

박정서는 동부 리그 투수 부분 골든 글러브를 노리는 카를로스 라이든에게 기죽지 않고 5회까지 3피안타 무실점 호투를 이어갔다.

하지만 6회, 불의의 실책으로 주자를 출루시킨 데 이어 4번 타자 김태윤에게 홈런을 허용하면서 순식간에 무너지고 말았다.

최종 스코어 8 대 2.

전문가들의 예상대로 동부 리그 챔피언십 시리즈 진출팀은 이글스로 결정되었다.

하지만 이글스가 챔피언십 시리즈에 선착한 와이번스를 제치고 2년 연속 한국 시리즈 정상에 오르기란 쉽지 않아 보였다.

5차전에 에이스 카를로스 라이든 카드를 소진하면서 와이번스와의 선발 맞대결에 비상이 걸렸기 때문이다.

10명의 전문가 중 6명은 와이번스가 시리즈 스코어 3 대 1로 이글스를 제치고 한국 시리즈에 오를 것이라고 전망했다.

최종전까지 가 봐야 한다는 의견은 3명이었다.

시리즈 스코어 3 대 2로 이글스가 이길 것이라고 점친 전문가는 단 한 명뿐이었다.

같은 이유로 전문가들은 다이노스가 서부 리그 챔피언십 시리즈가 조금 더 우세할 것이라는 전망을 내놓았다.

"다이노스 입장에서는 4차전에서 플레이오프를 끝낸 게 천만다행입니다. 만약 5차전까지 갔다면 1, 2선발 없이 챔피언십 시리즈를 맞아야 했을 겁니다."

"반대로 이야기하면 스톰즈에게는 불운한 일이 되겠죠. 한정훈이라는 리그 최강 1선발이 버티고 있다고는 하지만 마크 레이토스와 테너 제이슨은 다이노스 타자들도 해볼 만하다고 느낄 테니까요."

플레이오프를 대구 원정에서 끝내면서 다이노스는 총 3일간의 휴식(이동일-5차전-휴식일)을 챙길 수 있었다.

덕분에 잦은 등판으로 피로도가 높았던 불펜 투수들의 운용에 숨통이 트인 상황이었다.

"김영문 감독이 플레이오프 4차전에서 훌리오 우레아스를 등판시킨 게 주효했습니다."

서부 리그 플레이오프의 백미는 훌리오 우레아스의 4차전 등판이었다.

당초 4선발 로테이션을 계획했던 김영문 감독은 3차전을 큰 점수 차이로 패하자 훌리오 우레아스 카드를 뽑아 들었다.

주변에서는 도박이라는 이야기가 많았지만 3차전에서 맹타를 터뜨리며 한창 기세가 오른 라이온즈 타선을 잠재울 수 있는 투수는 훌리오 우레아스밖에 없었다.

물론 훌리오 우레아스를 내세우고도 4차전에서 라이온즈에게 패하게 될 가능성도 배제하기 어려웠다.

하지만 다이노스에게는 2선발 루이스 세버리노가 있었다.

훌리오 우레아스와 루이스 세버리노, 두 투수가 마운드를 지키는 경기 중 한 경기는 기필코 잡아낸다는 게 김영문 감독의 복안이었다.

그리고 다행히도 1차전에서 1실점 완투를 했던 훌리오 우레아스가 5회까지 무실점으로 마운드를 지키는 동안 타자들이 대량 득점에 성공하면서 다이노스는 챔피언십 시리즈에 진출할 수 있게 됐다.

만약 훌리오 우레아스를 무리시키고도 4차전에서 패배한 뒤 5차전을 힘겹게 챔피언십 시리즈에 진출했다면 다이노스에게는 상처뿐인 영광이 될 가능성이 높았다.

연투를 하면 구위가 떨어지는 훌리오 우레아스의 특성상 다음 등판은 3차전이 될 가능성이 높았다.

루이스 세버리노는 그다음 4차전.

결국 1, 2선발이 없는 상황에서 투수력이 강한 스톰즈와 원정 1, 2차전을 치러야 하는 처지에 놓이게 되는 것이다.

만약 그대로 초반 두 경기를 연달아 내주면 반전을 기대하기 어려웠다.

3차전에서 훌리오 우레아스가 승리를 거둔다 하더라도 4차전에 한정훈이 나온다면 그다음부터는 계산이 서질 않았다.

하지만 훌리오 우레아스의 투구 수 조절과 승리, 두 마리 토끼를 모두 잡으면서 김영문 감독도 선발 로테이션 구성에 관해서는 한숨 돌릴 수 있게 됐다.

"이대로라면 한정훈과 루이스 세버리노를 맞붙이고 마

크 레이토스 등판 때 훌리오 우레아스를 올리는 게 가능합니다."

"훌리오 우레아스 선수가 4차전에 60구밖에 던지지 않았기 때문에 4일을 쉰다면 충분히 구위를 회복할 수 있을 겁니다."

상당수의 전문가는 챔피언십 시리즈 1, 2차전 선발 매치업으로 한정훈 대 루이스 세버리노, 마크 레이토스 대 훌리오 우레아스의 맞대결을 예상했다.

그러나 일부 전문가는 한국 시리즈 진출을 위해 김영문 감독이 변칙 작전을 구사할 가능성도 있다고 언급했다.

"어쩌면 김영문 감독이 첫 경기를 버릴 가능성도 높습니다."

"확실히 한정훈 선수를 상대로 승리를 따내기란 쉽지 않죠. 한정훈은 포스트시즌에서도 한정훈이니까요."

"오히려 포스트시즌에서는 더 이를 악물고 던지는 것 같은 느낌마저 드니까요."

"1차전을 포기하는 대신 2, 3차전에 훌리오 우레아스와 루이스 세버리노를 등판시켜 시리즈의 흐름을 가져온다는 발상은 확실히 그럴듯해 보입니다."

"그렇게만 된다면 한정훈을 반강제적으로 4차전에 끌어낼 수 있으니까요."

"한정훈이 4차전에 나서면 스톰즈도 골치 아파질 겁니다. 마크 레이토스는 휴식일이 보장되어야 하는 투수니까요."

"이거 김영문 감독이 어떤 패를 꺼낼지 벌써부터 심장이 두근거리는데요?"

10명의 전문가 중 무려 8명이 다이노스의 우세를 점쳤다.

시리즈 스코어는 전부 3승 2패.

라이온즈를 상대로 타자들의 방망이가 예열된 반면 투수들의 피로도는 사라졌으니 다이노스가 흐름을 탈 것이라는 분석이었다.

그리고 단 2명만이 스톰즈의 우세를 점쳤다.

그중 이용헌은 아예 극단적인 전망을 내놓았다.

"저는 스톰즈의 3 대 0 완승을 보고 있습니다."

반대 의견을 내놓은 전문가들은 그저 웃고 말았다.

시리즈 스코어 3 대 0으로 이기려면 한정훈은 물론이고 2선발 마크 레이토스와 3선발 테너 제이슨까지 모조리 승리를 챙겨야 했다.

하지만 실제 그런 일이 벌어질 가능성은 낮아 보였다.

정규 시즌에서 마크 레이토스와 테너 제이슨은 다이노스를 상대로 별다른 재미를 보지 못했다.

마크 레이토스는 2경기를 던져 승패 없이 평균 자책점 3.21을 기록했다.

수치상으로는 나쁘지 않은 성적이었지만 시즌 평균 자책점이 2.61인 걸 감안했을 때 다이노스에게 강했다고 말하긴 어려웠다.

테너 제이슨은 더 나빴다.

3경기 등판해 1승 1패. 평균 자책점이 무려 4.74였다.

다이노스전에서만 좋은 모습을 보여줬더라도 목표인 20승을 달성했을 것이라는 게 전문가들의 공통된 지적이었다.

그만큼 테너 제이슨은 다이노스만 만나면 작아졌다.

만약 김영문 감독이 변칙 선발 로테이션을 꺼내 들었을 때 마크 레이토스와 테너 제이슨이 훌리오 우레아스-루이스 세버리노를 상대로 연승을 거둘 가능성은 없다시피 했다.

일부 전문가의 예상대로 김영문 감독이 1선발로 이태연을 예고하면서 서부 리그 챔피언십 시리즈에 대한 기대감이 커졌다.

하지만 경기 결과는 당초 기대에 미치지 못했다.

3 대 0.

일방적인 시리즈가 되어버린 것이다.

MVP 2연패를 확정하다시피 한 한정훈은 이태연을 맞아 압도적인 피칭을 선보였다.

8회까지 다이노스의 다이너마이트 타선을 상대로 1피안타 무사사구 무실점 피칭을 이어갔다.

반면 경기 초반 이태연은 피홈런을 3개나 허용하며 3회를 버티지 못하고 강판당했다.

최종 스코어 13 대 0.

김영문 감독의 구상은 이때부터 삐걱거리기 시작했다.

"루이스! 최대한 오래 버텨야 해. 알았어?"

1차전에서 불필요하게 불펜을 소비한 김영문 감독은 루이스 세버리노의 이닝 이터 능력을 믿었다.

투구 수 관리를 받는 마크 레이토스보다 루이스 세버리노가 오래 버텨줘야 불펜 소비를 엇비슷하게 맞춰갈 수가 있었다.

하지만 정작 루이스 세버리노는 컨디션 난조로 5회를 마치지 못하고 마운드에서 내려와야 했다.

너무 오랜 휴식이 독으로 작용한 것이다.

팽팽할 것이라던 선발 싸움에서 손쉽게 승리하면서 스톰즈는 2차전까지 쓸어갔다.

그리고 창원에서 열리는 3차전까지 여세를 몰았다.

다이노스의 훌리오 우레아스는 지면 끝장이라는 심정으로 이를 악물고 공을 던졌다.

7이닝 3피안타 1실점.

피홈런을 허용한 게 아쉽긴 했지만 그 외에는 만점을 줘도 아깝지 않을 피칭이었다.

그러나 테너 제이슨이 역대급 경기력을 선보이면서 훌리오 우레아스의 역투도 빛이 바래고 말았다.

9이닝 4피안타 무실점 완봉승.

시즌 중에도 볼 수 없었던 최고의 활약 덕분에 테너 제이슨은 챔피언십 시리즈 3차전은 물론 시리즈 MVP까지 차지할 수 있게 됐다.

스톰즈가 다이노스를 3 대 0으로 완파할 무렵, 동부 리그에서는 와이번스가 이글스를 시리즈 스코어 3 대 1로 누르고 한국 시리즈 진출 티켓을 거머쥐었다.

올 시즌 한국 시리즈가 다이노스와 이글스의 리턴 매치로 치러질 것이라 전망했던 전문가들은 머쓱함에 고개를 들지 못했다.

그러면서도 한국 시리즈 우승팀을 예측하기가 쉽지 않다고 입을 모았다.

"와이번스와 스톰즈 모두 투수력이 좋은 팀이죠. 승패를 예측하기가 쉽지 않습니다."

"한정훈을 배제했을 때 투수력에서 와이번스가 밀린다는 생각은 들지 않습니다."

와이번스는 스톰즈만큼이나 투수력이 강했다.

특히나 올 시즌 기존 용병들을 방출하고 특급 용병들을 영입하면서 동부 리그 최강의 선발과 불펜을 갖췄다고 평가받고 있었다.

좌완 선발 삼총사 다니엘 노스-앤드류 힌-김광현은 무려 48승을 합작하며 와이번스 선두 독주의 원동력이 되었고 마무리투수 박희순은 42세이브를 올리며 뒷문을 철저히 틀어막았다.

이런 짠물 야구 덕분에 와이번스는 이글스라는 강적을 넘어 한국 시리즈에 진출할 수 있었다.

"양 팀 시즌 상대 전적도 팽팽하죠?"

"솔직히 두 팀 중 어느 팀이 우승하더라도 이상할 게 없습니다."

스톰즈와 와이번스의 정규 시즌 상대 전적은 7승 7패.

정확하게 동률을 이루었다.

경기 내용도 막상막하였다.

총 14경기를 치르는 동안 3점 차 이내 박빙의 승부를 펼친 게 12번이나 됐다.

한정훈이 선발 등판한 두 경기를 제외하고 모든 경기가 손에 땀을 쥐게 할 정도였다.

그렇다 보니 전문가들조차 양 팀의 경기만큼은 확신 어린 말을 내뱉지 못했다.

그나마 전망이 가능한 건 시리즈의 양상 정도였다.

"마지막까지 갈 것 같습니다."

"제 생각도 같습니다. 어느 팀이 우승하더라도 끝까지 갈 가능성이 높습니다."

모든 전문가가 시리즈 전적을 4승 3패로 예상했다. 이견은 단 한 명도 없었다.

"중간에 무승부 경기가 나올 가능성도 배제하기 어렵습니다."

"양 팀이 맞붙은 경기 중에 연장전만 4차례 있었으니까요."

"날씨도 걱정입니다. 시리즈 도중에 비 소식이 있는데 경기에 지장이 없어야 할 텐데요."

"여차하면 8차전, 9차전까지 경기가 이어질지도 모르겠습니다."

일부 전문가는 역대 가장 긴 한국 시리즈가 치러질지도 모른다고 걱정했다.

역대 최장 한국 시리즈는 9차전까지 갔던 2006년 시리즈였다.

당시 유니콘스는 3차례 무승부 경기 끝에 라이온즈를 꺾고 4승 2패로 한국 시리즈 우승을 차지했다.

야구팬들도 시리즈가 길어질 것이라는 전문가들의 의견에는 동의하는 분위기였다.

ㄴ양대 리그 최고 방패들의 맞대결이잖아? 게다가 창들도 시원치 않고.

ㄴ아아, 수면제 시리즈의 시작인가.

ㄴ마치 교장과 이사장 간의 훈화 맞대결을 보는 듯한 기분이야.

ㄴ직관 가는 관중들 8회까지 한숨 자고 일어날 듯.

ㄴ승부가 나긴 할까? 둘이 하는 거 보면 한국 시리즈가 10차전까지 이어진다고 해도 전혀 이상하지 않을 것 같은데.

스톰즈와 와이번스의 경기는 야구팬들 사이에 지루하기로 유명했다.

비단 올해만의 일이 아니었다.

작년부터 스톰즈와 와이번스는 맞붙었다 하면 투수전 양상으로 흘러갔다.

화끈한 타력으로 승부를 결정지은 경기가 한 손에 꼽힐 정도였다.

오죽했으면 야구팬들 사이에서 스톰즈와 와이번스의 경기는 빵공장 시리즈로 불렸다.

전광판에 툭하면 빵(0)만 찍어댄다는 이유에서였다.

야구계에서도 챔피언십 시리즈 대진이 나왔을 때 가장 피하고 싶은 한국 시리즈 매치 업으로 스톰즈와 와이번스 경기를 꼽았다.

경기도 지루했지만 성적에 비해 팬층이 많지 않은 와이번스와 창단 2년 차 스톰즈가 맞붙을 경우 흥행 참패가 예상된다는 이유에서였다.

하지만 다행히도 2019년 최강팀을 가리는 한국 시리즈라는 특수성과 역대급 투수 반열에 올라선 한정훈이라는 이슈가 야구팬들의 관심을 끌어모았다.

ㄴ타자들 좀 심란하겠다. 아무도 언급을 안 하네.

ㄴ양 팀 통틀어 리그 홈런 5위 안에 드는 선수가 한 명도

없는데 어쩔 거야.

ㄴ타자들이 타석에서 방망이 들어주는 것만으로도 고마운 줄 알아. 어디서 이래라 저래라야?

ㄴ어차피 야구는 투수 놀음. 방망이는 믿을 게 못 됨.

전문가들의 분석처럼 스톰즈와 와이번스는 타력이 강한 팀이 아니었다.

강한 투수력을 바탕으로 실점을 최소화한 뒤 필요한 점수만으로 승부를 거는 스타일이었다.

게다가 양 팀의 타력은 서로 비슷한 편이었다.

중심 타선의 파괴력은 최준이 합류한 스톰즈가 다소 앞서지만 타선의 짜임새와 경험만 놓고 보자면 와이번스가 한 수 위였다.

타자들만 놓고 봤을 때 시리즈에 절대적인 영향을 끼칠 만한 선수는 보이지 않았다.

하지만 투수들로 시선을 돌리면 상황은 달랐다.

ㄴ스톰즈가 믿을 건 한정훈뿐이야. 한정훈이 최소 2경기는 등판할 테니까 남은 경기 중 2경기만 더 챙기면 우승할 수 있는 거지.

ㄴ맞아. 심리적으로는 스톰즈가 우세하지. 와이번스는 한정훈이 등판하는 2경기는 버리고 가야 하는 상황이니까. 남

은 경기에서 4승을 챙기는 게 어디 쉽겠어?

    └한정훈이 1차전하고 4차전 나와서 2승 거두고 5, 6차전에 마무리하러 올라오면 지릴 듯.

    └와이번스 좌완 트리오 무시하냐? 한정훈 빼고는 누구하고도 할 만하거든?

    └맞아. 마크 레이토스는 어차피 6이닝이 한계고. 테너 제이슨도 들쑥날쑥한데, 뭘.

    └냉정하게 말해 한정훈 포함 선발진은 스톰즈가 약간 앞서는 상태지만 경기 후반 되면 와이번스가 유리하지. 불펜이나 마무리가 한 수 위인데.

    └서부 리그 세이브왕 이승민 무시하지 마라.

    └까놓고 말해서 이승민 올해 별로잖아. 블론이 10개 가까이 되고 평균 자책점이 3점대 후반인데 무슨.

    └블론 8개거든? 알고 지껄여라.

    └8개나 10개나. 이승민이 날린 경기 반만 건졌어도 스톰즈 진즉 1위 찍었지.

    전문가들이 막상막하라고 평가했던 투수력에 있어서 양 팀은 미묘한 차이를 보였다.

    스톰즈는 한정훈이라는 괴물 투수가 전력의 핵이었다.

    작년과 올해, MVP급 활약을 펼친 한정훈을 상대로 감히 승리를 자신하는 투수는 없다시피 했다.

자존심 강한 용병들조차 한정훈과 한 번 맞붙고 나면 다들 꼬리를 말았다.

와이번스 역사상 최고의 외인 투수 듀오라는 다니엘 노스와 앤드류 힌도 마찬가지였다.

한정훈과 맞붙어 나란히 패배를 맛본 두 사람은 서로 1차전 선발을 양보하겠다며 치열한 신경전까지 벌이고 있었다.

하지만 한정훈을 빼고 본다면 팽팽하던 투수력의 무게 중심은 와이번스 쪽으로 기울 수밖에 없었다.

올 시즌 15승을 거둔 마크 레이토스와 1승 차이로 아쉽게 20승 달성에 실패한 테너 제이슨은 스톰즈가 내세울 수 있는 가장 강력한 선발 카드였다.

그러나 애석하게도 한정훈처럼 공략이 불가능한 스타일의 투수는 아니었다.

마크 레이토스는 작년에 이어 올해도 6회 이후 체력적인 한계를 보이고 있었다.

올 시즌 27경기에 등판해 165와 1/3이닝을 책임졌다.

경기당 평균 6.1이닝 정도.

구위나 구속은 상당히 좋아졌지만 이닝 소화 능력만큼은 에이스급 선발투수의 평균치(6.6이닝)에 못 미치고 있었다.

테너 제이슨은 올 시즌 눈부시게 발전했다는 평을 받았다.

하지만 경기력이 일정하지 못하다는 단점을 극복하지는 못했다.

작년처럼 들쑥날쑥한 정도까진 아니었지만 좋은 날과 그렇지 못한 날의 편차가 여전히 컸다.

반면 와이번스가 자랑하는 좌완 3인방은 강하면서도 안정적이라는 강점을 가지고 있었다.

특히나 나란히 17승과 2점대 초반의 평균 자책점을 기록한 다니엘 노스와 앤드류 힌은 동부 리그 최강의 원투 펀치로 불렸다.

와이번스 팬들 사이에서는 다니엘 노스와 앤드류 힌이 구단과 종신 계약을 맺을 때까지 공항을 지키며 둘의 출국을 막아야 한다는 우스갯소리가 나돌 정도였다.

그나마 스톰즈의 입장에서 해볼 만한 상대는 3선발인 김강현뿐이었다.

올 시즌 전성기에 버금가는 성적(14승 6패. 평균 자책점 2.89)을 거두긴 했지만 시즌 막판 체력적인 문제를 드러내며 등판 일정을 거른 전력이 있었다.

하지만 와이번스 박경원 감독이 김강현을 1선발로 돌려 한정훈과 맞붙인 뒤 다니엘 노스와 앤드류 힌으로 승부를 건다면 스톰즈 입장에서는 선발 싸움도 힘겨워질 수밖에 없었다.

불펜은 비교할 필요가 없을 만큼 와이번스가 강했다.

아직까지 제대로 된 불펜 투수들을 양성하지 못한 스톰즈와 달리 와이번스는 전통적으로 허리가 강한 팀이었다.

거기에 동부 리그 수호신으로 우뚝 선 박희선이라는 존재
는 경기 후반 스톰스에게 부담으로 작용할 가능성이 높았다.

믿을 구석이라고는 에이스 하나뿐인 스톰즈.
선발-불펜진의 짠물 피칭으로 우승을 넘보는 와이번스.

타력이 동등하다고 가정했을 때 단순히 문맥만 놓고 보자
면 와이번스가 훨씬 유리해 보였다.
그러나 단기전이라는 게 변수였다.
여차하면 에이스 한정훈이 휴식일을 줄이며 많은 경기에
등판할 수 있기 때문이었다.

ㄴ한정훈이 1, 4, 7차전 등판하면 게임 끝이지. 남은 4경
기 중에 1승 못하겠냐.
ㄴ와이번스 입장에서는 한정훈 등판하지 않는 경기 전부
잡고 한정훈을 어떻게든 6차전에 끌어내야 해. 한정훈이 1,
4, 6차전 선발로 나오면 와이번스 우승한다.
ㄴ미쳤냐? 4차전 뛰고 6차전이면 이틀 쉬고 등판인데?
ㄴ로이스터 감독 입장에서는 딜레마지. 한정훈을 6차전
불펜으로 쓰면 7차전이 불안하고. 그렇다고 7차전 선발로 쓰
자니 6차전이 불안하고.
ㄴ비 왕창 와서 한정훈이 4승 다 해버렸으면 좋겠다.

ㄴㅇㅂㅇ 나도 비슷한 생각함. 그러면 진짜 레전드급 시리즈 될 거 같은데.

ㄴ기상청 믿지 마라. 그리고 비가 그렇게 드문드문 내리겠냐?

ㄴ한정훈이 역대급 투수인 건 맞지만 한국 시리즈 4승은 불가능. 그건 무쇠팔 최동훈만 할 수 있는 불멸의 대기록이다.

ㄴ맞아. 최동훈은 5경기나 나왔지. 솔직히 정인태처럼 한국 시리즈 3선발승만 해줘도 잘한 거임.

야구 게시판마다 수많은 예측과 분석들이 쏟아졌지만 결론은 늘 한정훈으로 끝이 났다.

한정훈이 스톰즈의 우승을 위해 제 한 몸 불사른다면 최동훈처럼 못하라는 법은 없다는 것이다.

하지만 머잖아 메이저리그에 진출할 한정훈이 스스로의 몸을 혹사시킬 가능성이 없다는 의견도 적잖았다.

[한정훈은 무쇠팔 최동훈의 계보를 이을 수 있을까?]
[스톰즈의 우승. 한정훈의 어깨에 달려 있다.]

기자들도 자극적인 기사들을 내걸어 논란에 동참했다.

일부 기자들은 한정훈이 영웅이 되기 위해서는 희생이 불가피하다는 억지 논리를 펴기까지 했다.

보다 못한 로이스터 감독이 나서서 한정훈을 상식적인 선에서 등판시키겠다는 뜻을 분명히 했지만 논란은 쉽게 수그러들지 않았다.

우승을 위해, 팀을 위해 스스로를 희생하며 전설의 반열에 오를 것인가.

아니면 현대 야구의 범주에서 벗어나지 못하는 전형적인 선수로 남을 것인가.

그 해답을 알려줄 한국 시리즈 1차전이 드디어 안양 스톰즈 파크에서 열렸다.

스톰즈의 선발투수는 예고대로 한정훈이었다. 반면 와이번스는 변칙 선발 카드를 꺼내 들었다.

김강현.

고심 끝에 다니엘 노스와 앤드류 힌을 아끼기로 마음먹은 것이다.

박기완 감독은 국내 투수들과 맞대결을 했을 때 김강현의 성적이 좋았기 때문에 1선발로 낙점했다고 밝혔다.

항간에 떠도는 1차전 포기설은 말도 되지 않는다며, 매 경기 최선을 다하겠다는 뜻을 분명히 했다.

그러나 정작 한정훈을 찾아온 김강현은 해탈한 표정이었다.

"정훈아, 승리만 해라. 우승은 형 주고."

우승을 위해 희생을 강요받은 상황이었지만 김강현은 크게 기분 나빠 하지 않았다.

어차피 공은 둥글고 승패는 알 수 없는 법이다.

한정훈을 피해 마크 레이토스, 테너 제이슨을 상대한다고 해서 이길 것이라는 보장은 없었다.

그렇다면 차라리 리그 최고의 투수인 한정훈과 시원하게 맞붙는 게 맘 편했다.

모두의 예상대로 지더라도 상대가 한정훈이라면 웃으며 축하해 줄 수 있을 것 같았다.

하지만 한정훈은 냉정했다.

"저는 승리도 우승도 양보할 생각 없는데요."

아시안 게임 이후로 김강현과 사적으로 통화를 주고받을 만큼 친해지긴 했지만 농담으로라도 우승을 두고 거래를 할 생각은 없었다.

그리고 김강현이 안이한 마음으로 마운드에 오르길 바라지도 않았다.

"농담이야, 인마."

김강현이 피식 웃으며 한정훈의 엉덩이를 툭 하고 때렸다.

한정훈의 긴장을 풀어주려고 해본 말이었다.

정말로 한정훈에게 승리를 양보 받고 싶은 마음은 없었다.

다만 오늘 경기에서 지더라도 우승은 와이번스가 했으면
하는 바람만큼은 진심이었다.

한정훈도 그런 김강현의 속마음을 알기 때문에 쉽게 맞장
구를 쳐 줄 수가 없었다.

과거로 되돌아오기 전부터 한정훈의 소원은 자신이 동경
했던 투수들을 상대해 보는 것이었다.

가급적이면 포스트시즌 같은 중요한 경기에서 승패를 떠
나 후회 없이 공을 던져 보고 싶었다.

그 정도로 야구를 했다면 은퇴를 해도 후회가 될 것 같지
않았다.

물론 과거로 돌아온 이후 한정훈의 야구 인생은 180도 바
뀌었다.

동경하던 투수들을 먼발치에서 지켜만 보던 예전과는 달
리 지금은 두 시즌 연속 MVP를 눈앞에 두고 있었다.

하지만 그렇다고 해서 한창 야구에 빠져 있던 시절 염원했
던 그 바람들까지 사라지는 건 아니었다.

와이번스의 선발이 김강현으로 결정됐다는 소식에 한정훈
은 누구보다 기뻐했다.

와이번스 좌완 트리오 중 김강현이 상대적으로 약해 보여
서가 아니었다.

한국 시리즈 같은 중요한 경기에서 한때 대한민국 에이스 계보를 이었던 김강현이라는 위대한 투수를 상대로 공을 던질 수 있다는 것 자체가 꿈만 같았다.

그래서 한정훈은 최선을 다할 생각이었다.

마운드에 설 때마다 늘 최선을 다했지만 오늘 경기만큼은 젖 먹던 힘까지 다해 공을 던질 생각이었다.

그리고 그만큼 김강현도 역투를 펼쳐 주길 바랐다.

오늘 경기를 지켜보는 수많은 팬의 머릿속에 최고의 한 장면으로 기억되도록 말이다.

"형, 전 형하고 이런 큰 경기에서 꼭 한번 맞붙어 보고 싶었어요."

한정훈이 살짝 상기된 목소리로 말했다.

굳이 최선을 다하자는 말은 하지 않았다.

후회 없는 경기를 만들자는 낯간지러운 멘트도 되삼켰다.

김강현이라면 자신의 눈빛만으로도 충분히 알아줄 것이라고 여겼다.

그러자 김강현도 장난기 가득했던 표정을 지우고 진지하게 고개를 끄덕거렸다.

"나중에 나 원망 마라."

한정훈의 어깨를 툭 하고 때린 뒤 김강현이 비장하게 몸을 돌렸다.

그 모습이 중계 카메라를 타고 전국에 송출됐다.

-2019년 한국 시리즈 1차전을 맞아 한정훈과 김강현. 김강현과 한정훈. 대한민국을 대표하는 최고 투수들 간의 맞대결이 성사됐습니다.

-네, 대한민국 신구 에이스 간의 맞대결이기도 하죠. 개인적으로 절친한 사이인 것으로 압니다만 승부의 세계는 냉정하니까요. 두 선수 모두 최선을 다하는 좋은 경기를 펼쳐 줄 것이라 기대합니다.

야구팬들을 대신해 중계진이 들뜬 기대감을 전했다.

그러는 사이 식전 행사가 끝나고 경기가 시작됐다.

-와이번스의 1번 타자 임영기 선수. 타석에 들어섭니다.

-임영기 선수. 올 시즌 타격에 완전히 눈을 떴다는 평가를 받고 있죠?

-시즌 타율이 3할 2푼 5리로 동부 리그 타격 부분 8위에 올라 있는데요.

-타율도 타율이지만 작년에 비해 출루율과 득점이 높아졌다는 점을 칭찬해 주고 싶습니다. 임영기 선수가 1번 타자로 자리를 잡지 못했다면 아마 올 시즌 와이번스의 선두 독주는 어려웠을지도 모릅니다.

중계진의 극찬 속에 임영기가 타격 자세를 잡았다.

타격에 눈을 떴다는 이용헌 해설위원의 평가가 틀리지 않는 듯 한정훈을 바라보는 얼굴에는 여유가 넘쳤다.

하지만 그것도 잠시.

퍼엉!

한정훈의 초구가 바깥쪽 꽉 찬 코스를 통과하자 임영기의 얼굴이 딱딱하게 굳어졌다.

-스트라이크! 임영기 선수, 초구를 지켜만 봅니다.

-한정훈 선수, 바깥쪽 꽉 찬 포심 패스트볼을 던졌죠?

-중계팀 구속은 159㎞/h가 나왔는데요.

-빠르기도 하지만 좌 타자 입장에서는 멀어지는 듯한 느낌일 테니까요. 히팅 타이밍을 잡기가 쉽지 않아 보입니다.

긴장되는 분위기 속에 한정훈이 곧장 2구를 내던졌다.

후아앗!

초구보다는 조금 느린 듯한 공이 거의 한복판으로 들어왔다.

'실투다!'

임영기는 무리하지 않고 가볍게 방망이를 휘돌렸다.

빠르면서도 묵직한 한정훈의 패스트볼을 힘으로 이겨낼 자신은 없으니 스위트 스폿에 맞춰 내야만 넘길 생각이었다.

그러나 방망이가 허리를 빠져나오려는 순간 요동치기 시

작한 공은 홈 플레이트 꼭짓점을 지나 바깥쪽으로 완전히 휘어져 나가 버렸다.

'투심 패스트볼!'

임영기가 다급히 허리를 멈춰 세워봤지만 방망이 헤더는 이미 홈 플레이트를 스쳐 지난 뒤였다.

"스트라이크!"

엉거주춤하게 멈춰 선 임영기의 뒤통수로 심판의 스트라이크 콜이 얄궂게 울렸다.

─아, 임영기 선수. 아쉽게도 배트를 멈추지 못했습니다.

─임영기 선수, 자세가 완전히 무너졌죠? 한정훈 선수에게 완전히 속고 말았네요.

투 스트라이크 노 볼.

투수에게 절대적으로 유리한 볼카운트 앞에서 임영기가 방망이를 짧게 움켜쥐었다.

투 스트라이크를 먼저 잡은 한정훈을 상대할 수 있는 방법은 없었다.

그저 눈 크게 뜨고 어떻게든 방망이에 맞춰내는 게 최선이었다.

'커터일까? 아니면 포심?'

한정훈을 바라보는 임영기의 머릿속은 복잡했다.

반면 마운드에 선 한정훈의 얼굴은 무표정에 가까웠다.

박기완이 낸 사인에 가볍게 고개를 끄덕인 뒤 한정훈은 힘껏 왼다리를 끌어 올렸다.

그리고 임영기의 몸 쪽을 향해 전력으로 공을 내던졌다.

후아앗!

쏜살같이 날아든 공에 임영기가 반사적으로 방망이를 움직였다.

구종을 구분할 여유 따윈 없었다.

비슷한 궤적으로 날아들다가 마지막 순간에 변하는 한정훈의 공을 예측하고 쳐 낸다는 건 말처럼 쉬운 일이 아니었다.

'맞아라! 맞아라! 맞아라!'

임영기가 할 수 있는 건 방망이에 어떻게든 공이 걸리길 바라는 것뿐이었다.

하지만 홈 플레이트 코앞에서 가라앉듯 고꾸라진 공은 임영기의 스윙 궤적 밑을 통과해 박기완의 미트 속으로 빨려 들어가고 말았다.

"젠장!"

"스트라이크, 아웃!"

임영기의 욕지거리와 심판의 삼진 콜이 동시에 터져 나왔다.

뒤이어 직관을 위해 경기장에 모여든 관중들이 우레와 같은 함성을 내질렀다.

ㅡ스윙 스트라이크 아웃! 한정훈 선수, 선두 타자 임영기 선수를 3구 삼진으로 돌려세웁니다!

ㅡ기가 막히게 떨어지는 스플리터였네요. 임영기 선수, 속을 수밖에 없었다고 생각합니다.

중계진의 입에서 절로 감탄이 터져 나왔다.

그만큼 임영기를 삼진으로 돌려세운 스플리터는 완벽, 그 자체였다.

물론 떨어지는 각도만 놓고 봤을 때는 여전히 스플리터라 불리기 무안한 수준이었다.

하지만 타자들은 한정훈의 패스트볼 중 스플리터가 가장 까다롭다며 입을 모았다.

오히려 막판까지 포심 패스트볼과 크게 구별이 가지 않는다는 게 타자들을 더 헷갈리게 만들고 있었다.

포수가 돌린 공을 야수들이 돌려가며 몸을 푸는 사이 2번 타자 박계훈이 굳은 얼굴로 타석에 들어섰다.

ㅡ와이번스의 2번 타자 박계훈 선수입니다.

ㅡ임영기 선수와 더불어 박계훈 선수도 올 시즌 좋은 활약을 펼쳐 줬는데요. 상대가 상대인 만큼 부담스러울 수밖에

없을 것 같습니다.

　─정규 시즌 타율은 2할 8푼 4리에 머물렀습니다만 이글스와의 챔피언십 시리즈에서 4할이 넘는 고타율을 기록했는데요.

　─그 점 때문에 박경원 감독도 박계훈 선수에게 기대를 걸고 있는데요. 오늘 한정훈 선수의 컨디션이 워낙 좋아서 어찌 될지는 지켜봐야 할 것 같습니다.

　박계훈은 시작부터 방망이를 짧게 움켜쥐었다.

　볼카운트가 몰리면 한정훈을 공략하기 어려운 만큼 초반부터 적극적으로 공을 건드려 볼 생각이었다.

　그러자 박기완이 기다렸다는 듯이 바깥쪽 공을 요구했다.

　퍼엉!

　한정훈이 내던진 초구가 쏜살같이 박기완의 미트에 꽂혔다.

　전광판 구속 158㎞/h.

　중계 카메라에 찍힌 구속은 160㎞/h.

　경기 초반보다 경기 후반에 주로 구속을 끌어올리는 한정훈의 스타일과는 어울리지 않는 광속구가 날아들었다.

　당연하게도 박계훈은 그 자리에 굳은 채 꼼짝도 하지 못했다.

-한정훈 선수, 초구부터 160㎞/h의 강속구를 던져 기선을 제압합니다!

-와우, 벌써 160㎞/h인데 경기 후반에는 또 얼마나 구속이 늘어날지 벌써부터 궁금해집니다.

전광판에 찍힌 구속을 확인한 박계훈은 고개를 절레절레 흔들어 댔다.

적이지만 도저히 인정하지 않을 수가 없었다.

160㎞/h에 가까운 공을 바깥쪽 꽉 찬 코스로 던질 수 있는 투수는 국내에 한정훈밖에 없었다.

그리고 애석하게도 박계훈에게는 초구처럼 완벽하게 제구가 된 광속구를 때려낼 방법이 없었다.

'불필요하게 체인지업을 던지지는 않을 거야. 이번에도 분명 패스트볼이다.'

입술을 질근 깨물며 박계훈이 짧게 움켜쥔 방망이를 들어올렸다.

또다시 바깥쪽 코스로 공이 들어온다면 이번에도 지켜볼 수밖에 없다.

하지만 몸 쪽 공이라면 있는 힘껏 방망이를 휘둘러볼 생각이었다.

하지만 한정훈이 내던진 공은 몸 쪽 공도 바깥쪽 공도 아니었다.

한가운데.

그것도 너무나 선명하게 박계훈의 시야에 들어왔다.

그러나 박계훈은 방망이를 내밀지 않았다.

아니, 내밀 수가 없었다.

패스트볼 타이밍에 온 신경을 집중한 상태에서 너클 커브가 기습처럼 날아들었다.

완벽하게 허를 찔렸는데 쓸데없이 몸부림을 쳐봐야 꼴만 우스워질 뿐이었다.

팟!

너울너울 춤을 추며 들어온 너클 커브가 박기완의 미트 속에 안기듯 내려앉았다.

"스트라이크!"

구심이 가볍게 팔을 들어 올렸다.

"후우······."

타석 밖으로 한 발을 빼내며 박계훈이 길게 숨을 골랐다.

설마하니 그 타이밍에 너클 커브가 들어올 줄은 생각지도 못한 일이었다.

더 큰 문제는 임영기처럼 순식간에 투 스트라이크에 몰렸다는 것이다.

올 시즌 와이번스의 경기당 평균 득점은 4.6에 그쳤다.

동부 리그 5위.

리그 전체로 따져도 10위에 불과했다.

그런 와이번스가 유일하게 내세울 수 있는 득점 루트는 출루한 테이블 세터를 클린 업 트리오가 불러들이는 것뿐이었다.

'어떻게든 나가야 해.'

타석에 들어 선 박계훈이 방망이를 단단히 움켜쥐었다.

정말 가능하다면 한정훈의 실투를 몸에 맞고서라도 1루를 밟고 싶었다.

그러나 한정훈은 인정사정 봐주지 않고 3구를 바깥쪽에 꽂아 넣어버렸다.

퍼엉!

묵직한 포구음이 그라운드를 울렸다.

공이 다소 높았지만 자신도 모르게 방망이를 내질렀던 박계훈은 고개를 숙이고 더그아웃으로 몸을 돌릴 수밖에 없었다.

―스윙 스트라이크 아웃! 한정훈 선수, 두 타자 연속 3구 삼진을 기록합니다!

―한정훈 선수 오늘 컨디션이 너무 좋아 보이는데요. 지난 등판 이후로 휴식일이 길어서 컨디션 조절이 쉽지 않을 것이라고 봤는데 기우였던 모양입니다.

―이렇게 되면 박경원 감독의 노림수가 통하지 않을 가능성이 높아 보이는데요.

─네, 한정훈 선수를 노리고 맞춤 라인업을 짜 왔는데 왠지 별다른 효과를 보지 못할 것 같습니다.

중계진의 말이 끝나기가 무섭게 중계 카메라가 와이번스의 더그아웃을 비췄다.

중계진의 예상처럼 팔짱을 낀 채로 경기를 지켜보고 있는 박경원 감독의 표정은 전혀 밝아 보이지가 않았다.

'이럴 줄 알았으면 평소대로 가는 건데······.'

오늘 박경원 감독의 승부수는 김강현만이 아니었다.

타선에도 상당한 변화가 있었다.

우투수인 한정훈을 맞아 무려 6명의 좌타자를 배치한 것이다.

1번 타자 중견수 임영기

2번 타자 3루수 박계훈

3번 타자 1루수 조이 갈로우

6번 타자 지명 타자 박정원

7번 타자 포수 김민석

9번 타자 좌익수 조동하

와이번스가 동원할 수 있는 좌타자들을 경기에 전부 출전시켰다 해도 과언이 아니었다.

하지만 이 라인업이 최선인지에 대해서는 전문가들조차 의견이 갈렸다.

물론 오른손 투수 등판 시 왼손 타자의 수를 늘리는 건 일반적인 전략 중 하나였다.

투구의 궤적상 오른손 투수의 공을 왼손 타자들이 공략하기 쉬운 만큼 그 이점을 살려 득점 확률을 높이겠다는 계산이었다.

그러나 모든 오른손 투수가 왼손 타자에게 약한 건 아니었다.

특히나 한정훈의 경우에는 우타자는 물론 좌타자에게도 압도적으로 강했다.

각 구단 감독들도 한정훈을 일반적인 속설로 무너뜨리기 어려운 투수라고 인정하고 있었다.

그럼에도 불구하고 박경원 감독이 이 같은 파격 라인업을 구성한 이유는 전략 분석팀의 정보 때문이었다.

"한정훈 선수가 6일 이상 쉰 경기를 살펴봤는데 커터와 투심의 구사 비율이 눈에 띄게 줄어들었습니다."

"아무래도 장착한 지 얼마 되지 않은 구종들이다 보니 손에 감각을 유지하기가 쉽지 않은 것 같습니다."

데뷔 시즌부터 한정훈을 좌타자 킬러로 만든 게 바로 커터와 투심 패스트볼이었다.

오죽했으면 좌타자들이 가장 싫어하는 투수 1위로 좌투수가 아닌 한정훈이 꼽힐 정도였다.

하지만 정말로 한정훈이 경기에서 커터와 투심을 던지지 못하는 상황이 펼쳐진다면?

그때는 이야기가 달랐다.

160㎞/h를 넘나드는 한정훈의 포심 패스트볼은 여전히 위력이 넘쳤다.

국내 야구 전문가들과 수많은 야구인이 대한민국 최고라고 인정하는 공이었다.

뻔히 보고도 치지 못한다는 말이 괜히 나오는 게 아니었다.

그러나 아예 공략 못할 공은 아니었다.

한정훈을 필두로 광속구 경쟁이 붙으면서 각 팀마다 155㎞/h 이상의 공을 던지는 투수가 늘어나는 추세였다.

자연스럽게 타자들도 빠른 공이 눈에 익어가고 있었다.

한정훈이 커터와 투심을 제외하고 포심과 새로 장착한 스플리터만 던진다면 타자들도 수 싸움에서 지금처럼 밀릴 이유가 없었다.

그 자체만으로도 충분히 큰 변수였지만 박경원 감독은 조금 더 욕심을 부렸다.

한정훈은 오늘만 보고 말 투수가 아니었다.

한국 시리즈가 7차전까지 간다면 최소한 3번을 맞닥뜨릴 상대였다.

박경원 감독은 전략 분석팀의 정보를 참고로 한정훈을 괴

롭힐 최적의 라인업을 구상했다.

그것이 바로 좌타자 6명이 포함된 한국 시리즈 1차전 라인업이었다.

물론 좌타자가 많다고 해서 한정훈이 고전할 가능성은 높지 않았다.

그래도 박경원 감독은 선수들에게 한정훈과 맞설 계기를 만들어주고 싶었다.

그래서 만에 하나 7차전에서 한정훈을 만나더라도 선수들이 기죽지 않고 당당히 방망이를 휘두르길 바랐다.

하지만 애석하게도 그런 박경원 감독의 기대는 산산이 부서지고 말았다.

한정훈이 선두 타자 임영기를 상대로 2구째 투심 패스트볼을 던졌기 때문이다.

"제구에 자신이 없으니 한정훈 선수가 유인구로 투심을 사용하려는 것 같습니다."

전략 분석팀장은 그럴듯한 핑계로 상황을 모면하려 했다.

그러나 그런 변명은 박경원 감독에게 통하지 않았다.

대한민국 역대 최고의 포수로 꼽히는 박경원 감독의 눈에 한정훈이 던졌던 투심 패스트볼은 유인구의 수준을 뛰어넘는 완벽한 일구였다.

투심 패스트볼에 확신에 가까운 자신이 있지 않고서야 그런 공은 던질 수 없었다.

"일단 조금 더 지켜보시죠."

김선갑 수석 코치가 박경원 감독을 달랬다.

이미 경기는 시작됐다. 이제 와 밤새 경기를 준비한 선수들을 빼고 본래의 라인업을 가져가기도 어려운 상황이었다.

"갈로우라면 다를 겁니다."

정영배 타격 코치도 한마디 거들었다.

최준의 빈자리를 메우기 위해 구단이 거액을 주고 데려온 조이 갈로우는 와이번스의 에릭 테일스라 불릴 만큼 힘과 정확함을 겸비한 타자였다.

3할 2푼 8리의 타율에 38개의 홈런과 129타점.

거기에 25개의 도루까지 공수주를 겸비한 타자였다.

게다가 정규 시즌에서 한정훈을 상대로 2루타 포함 7타수 2안타 1사사구로 강한 모습을 보였다.

-타석에 조이 갈로우 선수 들어섭니다. 정규 시즌 내내 4번을 쳤었는데요, 오늘은 3번에 전진 배치 됐습니다.

-좌타자들을 통해 한정훈 선수를 공략하겠다는 박경원 감독의 작전상 타순이 변경됐다고 봐야 할 것 같습니다. 와이번스 입장에서는 조이 갈로우 선수가 한 타석이라도 더 타석에 들어서는 게 나을 테니까요.

-한정훈 선수를 상대로 올 시즌 2안타를 때려낸 소수의 타자 중 한 명인데요.

─하하. 상대 타율만 놓고 보자면 2할 8푼 6리니까 한정훈 선수에게 강하다고 보긴 어렵겠죠. 다만 한정훈 선수의 올 시즌 피안타율이 1할대 초반인 걸 감안한다면 잘 때렸다고 봐도 될 것 같습니다.

조이 갈로우가 타석에 들어서자 3루 측 와이번스 응원석이 크게 들썩거렸다.

"갈로우! 날려 버려!"

"갈로우! 날려 버려!"

붉은색 유니폼을 입은 와이번스의 5천여 팬이 하나가 되어 소리쳤다.

그러자 8천여 명의 스톰즈 팬도 지지 않고 목소리를 높였다.

"삼구 삼진!"

"삼구 삼진!"

홈런을 염원하는 와이번스 팬들의 바람과 삼진을 원하는 스톰즈 팬들의 외침이 정면으로 충돌했다.

그 소리가 어찌나 크던지 조이 갈로우는 귀가 먹먹해질 지경이었다.

하지만 한정훈은 아무렇지도 않은 얼굴이었다.

경기에 단단히 집중한 탓에 다른 소리가 들리지 않는 모양이었다.

'저 녀석은…… 정말 괴물이야.'

조이 갈로우가 고개를 절레절레 흔들어 댔다.

다른 경기도 아니고 한국 시리즈다.

올 시즌 최종 승자를 결정짓는 파이널 라운드였다.

그런데 이렇게 크고 중요한 경기에서 고작 2년 차 선수가 저렇게 여유로울 수가 있다는 게 믿어지지가 않았다.

조이 갈로우는 그저 소름이 돋았다.

아직 공은 던져지지도 않았지만 이미 진 것 같은 기분마저 들었다.

와이번스 팬들은 한정훈과 맞붙일 유일한 타자로 조이 갈로우를 지목했다.

스톰즈 팬들도 한정훈이 경계해야 할 유일한 타자로 조이 갈로우를 뽑았다.

그만큼 조이 갈로우는 강했다.

게다가 한정훈을 상대로 장타까지 뽑아냈으니 주목을 받는 게 당연해 보였다.

하지만 정작 조이 갈로우는 한정훈에게 강하다는 평가 자체를 억울해했다.

고작 두 개의 안타를 때려냈다는 이유만으로 한정훈 킬러 계보에 이름을 올린다는 게 그저 수치스럽기만 했다.

조이 갈로우는 한정훈을 자신의 천적이라 여기고 있었다.

비록 2루타를 포함해 2개의 안타를 때려냈지만 방망이 중심에 걸린 타구는 하나도 없었다.

오히려 행운의 2루타를 때려내고 좋아했다가 경기 내내 한정훈에게 시달림을 당해야 했다.

칠 테면 쳐 보라는 듯 몸 쪽만 집요하게 노리고 들어오는데 어느 순간부터는 타석에 들어서는 게 겁이 날 정도였다.

그러나 안양 야구장까지 찾아온 와이번스 팬들은 조이 갈로우를 미친 듯이 연호하고 있었다.

팬들이 원하는 것은 단 하나.

홈런.

한정훈을 연속 인타로 무너뜨리기란 쉽지 않으니 장타력을 갖춘 조이 갈로우가 큰 것 한 방으로 경기의 흐름을 가져와 주길 바랐다.

조이 갈로우는 이 같은 팬들의 응원이 내심 부담스러웠다.

마치 맹수 앞에 내몰린 검투사가 된 기분이었다.

하지만 그렇다고 해서 지레 겁을 먹고 도망칠 수는 없는 상황이었다.

자신은 없더라도 싸워야 했다.

그것이 몸값으로 240만 달러를 받는 와이번스 중심 타자의 숙명이었다.

"후우……."

길게 숨을 내쉬며 조이 갈로우가 방망이를 단단히 움켜잡았다.

그리고 제법 야무진 눈으로 한정훈을 노려봤다.

조이 갈로우의 준비가 끝나자 한정훈도 이내 투구 자세를 잡았다.

'몸 쪽으로 몰린 공 하나만 들어와라.'

조이 갈로우가 주문처럼 중얼거렸다.

팔이 긴 편이지만 바깥쪽으로 도망치는 포심 패스트볼을 공략할 자신은 없었다.

그보다는 몸 쪽으로 꽉 차게 들어오는 포심 패스트볼이 차라리 나았다.

있는 힘껏 왼발을 추켜 든 한정훈의 날카로운 시선도 조이 갈로우의 몸 쪽으로 향했다.

'들어온다!'

조이 갈로우가 재빨리 숨을 참았다.

그 순간.

후아앗!

바람 소리와 함께 새하얀 무언가가 몸 쪽으로 쏜살같이 날아들었다.

'몰렸다!'

순간 조이 갈로우의 눈이 커졌다.

릴리스 포인트는 평소와 같았지만 공의 궤적은 미묘하게 홈 플레이트 중심 쪽으로 치우쳐진 기분이었다.

물론 그렇다고 해서 초구가 완전히 한가운데로 몰린 건 아니었다.

이대로 지켜본다면 공은 분명 홈 플레이트 안쪽 가장자리 면을 정확하게 통과할 것이다.

그 정도로는 그 누구도 공이 몰렸다고 말할 수가 없었다.

하지만 한정훈이 즐겨 던지는, 홈 플레이트 가장자리 면을 아슬아슬하게 스쳐 지나는 진정한 의미의 몸 쪽 꽉 찬 공에 비해 공 하나 정도 몰린 게 사실이었다.

'칠 수 있어!'

조이 갈로우는 팔꿈치를 허리에 바짝 붙이고 있는 힘껏 방망이를 휘돌렸다.

이대로 방망이 중심에 공이 맞아주기만 한다면!

그대로 담장 밖으로 타구가 넘어갈 것 같았다.

'제발 떨어지지만 마라!'

유일한 걱정은 스플리터.

포심 패스트볼과 비슷하게 날아들다가 마지막 순간에 가라앉는 한정훈의 결정구였다.

만약 공이 떨어진다면 맞춰봐야 먹힌 타구가 나올 것이다.

그리고 이번 대결 또한 한정훈의 승리로 끝이 날 것이다.

그러나 공이 떨어지지 않는다면!

'제발! 제발!'

조이 갈로우가 이를 악물고 허리까지 휘돌렸다.

다행히도 공은 마지막 순간까지 가라앉을 기미가 보이지

않았다.

'드디어!'

조이 갈로우의 입가가 꿈틀거렸다.

아직 공을 맞춘 것도, 홈런을 때린 것도 아니지만 괴물 같은 한정훈을 상대로 한국 시리즈에서 제대로 된 타구를 때려낼 수 있다는 사실만으로도 흥분을 주체하기 어려워졌다.

하지만 그것도 잠시.

"……!"

마지막 순간 몸 쪽으로 휘어지기 시작하는 공의 움직임에 조이 갈로우의 얼굴이 황당함으로 굳어졌다.

커터.

전략 분석팀에서 오늘 잊어도 좋다고 말했던 커터가 틀림없었다.

'빌어먹을!'

조이 갈로우가 이를 악물었다.

그와 동시에 꺾인 공이 조이 갈로우의 방망이 손잡이 부분을 강타했다.

따악!

완벽하게 먹힌 타구가 1루 쪽으로 굴렀다.

조이 갈로우가 뒤늦게 방망이를 내던지고 1루를 향해 뛰려 했지만 그때는 이미 1루수 황철민의 글러브 속에 공이 들어간 뒤였다.

-조이 갈로우 선수, 1루수 땅볼로 물러납니다.

-한정훈 선수, 이번에는 커터였죠? 조이 갈로우 선수가 있는 힘껏 휘둘러봤습니다만 타구가 완전히 먹히고 말았습니다.

믿었던 조이 갈로우마저 1루 땅볼로 물러나자 박경원 감독의 표정이 딱딱하게 굳어졌다.

"갈로우! 커터야?"

정영배 타격 코치가 냉큼 밖으로 달려가 조이 갈로우에게 글러브를 건네주었다.

그러자 조이 갈로우가 방망이를 내밀며 불만스럽게 투덜거렸다.

"내 방망이 부러진 거 보면 모르겠어요?"

조이 갈로우의 방망이는 손잡이 부분이 쩍 하고 갈라진 상태였다.

완전히 두 동강이 나진 않았지만 힘 있게 스윙을 하면 그대로 분리되어 튕겨 나갈 것 같았다.

"하아, 시팔. 커터가 맞나 보네."

정영배 타격 코치가 땅이 꺼져라 한숨을 내쉬었다.

그 모습을 지켜보던 박경원 감독이 매서운 눈으로 전략 분석팀장을 노려봤다.

"그럴 리가 없는데……."

전략 분석팀장은 당혹감을 감추지 못했다.

모든 전략 분석팀이 밤을 새워가며 한정훈을 상대할 비책을 찾아냈는데 이렇게 수포로 돌아가다니.

꼭 한정훈에게 뒤통수를 얻어맞은 기분이었다.

하지만 박경원 감독의 생각처럼 전략 분석팀의 분석 자체가 완전히 틀린 것은 아니었다.

"방금 전 커터, 조금 위험했던 거 알지?"

박기완이 마운드에서 내려오는 한정훈에게 다가가 말했다.

그러자 한정훈이 피식 웃어 보였다.

"너무 오래 쉬었나 봐요."

일정한 간격으로 등판하는 선발투수들의 경우 휴식일이 길어지거나 갑작스럽게 등판이 밀리면 밸런스가 흔들리는 경우가 많았다.

그것은 한정훈도 마찬가지였다.

평균적인 등판 간격을 벗어나 마운드에 오를 경우 손가락 감각이 살짝 둔해지곤 했다.

다행히 패스트볼을 던질 때는 별문제가 없었다.

하지만 커터나 투심 패스트볼을 던질 때면 미묘하게 제구가 틀어지는 일이 발생했다.

조금 전 조이 갈로우에게 던진 초구가 살짝 몰린 것도 그런 이유 때문이었다.

그나마 무브먼트가 살아 있었으니 망정이지 만약 그 공이 포심 패스트볼처럼 말려 들어갔다면 조이 갈로우의 방망이에 걸린 공은 상당히 커다란 포물선을 그리며 외야 쪽으로 날아갔을 것이다.

한국 시리즈의 향방이 걸린 1차전에서 1회 초부터 에이스가 실투를 얻어맞고 실점한다면 경기 흐름은 완전히 넘어갈 수밖에 없었다.

그러나 박기완은 쓸데없이 잔소리를 늘어놓지 않았다.

굳이 싫은 소리를 하지 않아도 한정훈이 알아서 잘할 것이라 믿기 때문이었다.

"어떻게 할까? 포심 위주로 가?"

"그 정도는 아니에요."

"그럼 너무 빡빡하게만 요구하지 않으면 되겠어?"

"네, 이것도 익숙해 져야죠."

"그래, 알았다."

박기완이 미트로 한정훈의 엉덩이를 툭 하고 때렸다.

제아무리 한정훈이라 하더라도 매 등판마다 컨디션이 좋을 수는 없는 법이다.

더욱이 선발투수이고 에이스라면 컨디션 타령을 해서는 안 된다.

그런 점에서 한정훈은 누구보다 믿음직스럽고 존경스러운

투수였다.

'정훈이가 괜찮다고 했으니까 정말 괜찮겠지.'

더그아웃으로 들어간 박기완은 조인상 코치와 다음 타자들에 대한 분석을 시작했다.

그사이 한정훈은 이승민이 건네준 음료를 마시며 마운드 쪽으로 눈을 돌렸다.

주인이 바뀐 마운드 위에서는 김강현이 전력투구를 하듯 연습구를 던지고 있었다.

"강현 선배 컨디션 좋아 보이는데?"

이승민이 음료수를 홀짝거리며 말했다.

마운드에 선 김강현은 웃고 있었다.

한국 시리즈 1차전 경기에서 그것도 한정훈을 상대해야 하는 상황이었지만 얼굴에는 여유가 넘쳐흘렀다.

그러나 한정훈의 눈에는 김강현의 웃음이 그저 어색하게만 느껴졌다.

'강현이 형도 긴장하고 있구나.'

한정훈이 슬쩍 입꼬리를 비틀었다.

대한민국 에이스 계보를 이으며 와이번스 왕조를 이끌었던 천하의 김강현이 마운드에서 긴장하는 모습을 보기란 결코 쉬운 일이 아니었다.

'강현이 형, 잘 해요.'

한정훈은 속으로 김강현의 호투를 바랐다.

김강현이 호투를 펼칠수록 스톰즈 타자들이 곤욕스럽겠지만 적어도 오늘만큼은 김강현이 쉽게 무너지지 않기를 바랐다.

그런 한정훈의 기도가 하늘에 닿은 것일까.

김강현은 자신만의 방법대로 스톰즈 타자들을 요리해 나가기 시작했다.

1번 타자 공형빈은 4구째 바깥쪽으로 도망치는 슬라이더를 던져 유격수 앞 땅볼로 유도했다.

볼카운트가 투 스트라이크 원 볼로 몰린 상황이라 공형빈도 김강현의 주 무기인 각이 큰 슬라이더를 건드릴 수밖에 없었다.

골치 아픈 선두 타자를 처리한 뒤 김강현은 6구 승부 끝에 에릭 나를 삼진으로 돌려세웠다.

에릭 나가 유인구를 연거푸 참아내며 투 볼을 얻어냈지만 김강현의 노련한 피칭을 당해내지 못했다.

3번 타자 루데스 마르티네스는 3구째 체인지업을 건드렸다가 좌익수 플라이로 물러났다.

루데스 마르티네스의 타이밍을 빼앗기 위해 김강현이 마운드 위에서 다양하게 시간을 끈 게 주효했다.

"아아!"

"조금만 더 뻗었어도 넘어갔는데!"

딱 소리와 함께 자리에서 벌떡 일어났던 스톰즈 팬들의 얼굴에 진한 아쉬움이 번졌다.

하지만 그것도 잠시, 천천히 마운드에 오르는 한정훈을 발견하고는 너 나 할 것 없이 열화와 같은 함성을 내질렀다.

한정훈은 1회에 이어 2회에도 완벽한 피칭으로 팬들의 성원에 보답했다.

4번 타자 정윤을 2구째 커터로 유인해 1루 파울 플라이로 처리한 뒤 5번 타자 헥토르 고메즈와 6번 타자 박정원을 연속 삼진으로 돌려세웠다.

그러자 김강현도 지지 않고 힘을 냈다.

4번 타자 최준에게 큼지막한 2루타를 허용하긴 했지만 5번 타자 작 피터슨을 얕은 중견수 플라이로 유도한 뒤 6번 타자 황철민과 7번 타자 김주현을 땅볼 타구로 잡아냈다.

그렇게 시작된 0의 행진은 7회 말까지 이어졌다.

7회 초, 한정훈은 와이번스의 3, 4, 5번 클린업 트리오를 연속 삼진으로 돌려세우며 마운드를 내려갔다.

투구 수는 총 77구.

실책성 안타를 포함해 피안타는 단 2개였다. 반면 삼진은 무려 11개를 잡아냈다.

반면 김강현은 7회 말 스톰즈의 7, 8, 9번 하위 타선을 땅볼-플라이-삼진으로 처리하며 이닝을 마쳤다.

투구 수는 115구.

4개의 안타와 2개의 사사구를 내주었고 5개의 삼진을 잡아냈다.

단순히 투구 내용만 놓고 보자면 한정훈이 김강현을 압도했다고 해도 과언이 아니었다.

실제 김강현은 2회부터 6회까지 매 이닝 선두 타자를 출루시키며 위기를 자초하기도 했다.

그러나 와이번스 팬들은 물론이고 스톰즈 팬들도 김강현의 마지막 이닝이 끝이 나자 한마음으로 박수를 보내주었다.

다른 투수도 아니고 한정훈을 상대로 7이닝 동안 팽팽한 투수전을 펼쳤다는 것만으로도 김강현은 자신의 몫을 다한 것이나 다름없었다.

"수고했다, 강현아."

경기 초반 어두웠던 박경원 감독의 표정도 다시 밝아졌다.

김강현이 기대 이상의 호투를 펼쳐 준 덕분에 파격 라인업에 대한 부담감을 조금은 덜어낼 수 있게 됐다.

"누구를 준비시킬까요?"

김원영 투수 코치가 박경원 감독에게 다가와 물었다.

6회부터 불펜에서는 좌완 진유수와 우완 박인식이 몸을 풀고 있었다.

김강현이 한계 투구 수를 넘긴 만큼 8회부터는 둘 중 한 명이 마운드를 이어받아야 했다.

8회 초 스톰즈의 타순을 고려하면 진유수가 등판할 가능성이 높았다.

올 시즌 좌타자 킬러로 군림하던 진유수라면 만만찮은 스톰즈의 1, 2, 3번 좌타 라인을 충분히 상대할 수 있을 것 같았다.

하지만 박경원 감독은 진유수가 아니라 박인식을 선택했다.

"인식이를요?"

"챔피언십 시리즈에서 인식이 공이 좋았으니까 한 번 더 믿어볼 생각입니다."

시즌 성적은 노련한 진유수가 박인식보다 좋았다.

안정감과 경험을 놓고 봐도 진유수가 한 수 위였다.

그러나 바로 직전 시리즈였던 챔피언십 시리즈만 놓고 보자면 상황이 달라졌다.

박인식은 챔피언십 시리즈에 4경기에 출장해 5이닝 동안 3피안타 1실점, 탈삼진 4개를 기록했다.

반면 시즌 내내 마당쇠 역할을 자처했던 진유수는 2경기에 나와 5실점을 기록했다.

박경원 감독은 시즌이 길어지면서 진유수가 힘에 부친다고 여겼다.

그래서 한창 기세가 오른 박인식을 골랐다.

하지만 애석하게도 그 선택이 박경원 감독의 발목을 잡고 말았다.

8회 초, 한정훈은 대타로 나온 6번 최승진과 7번 이재운을 연속 삼진으로 돌려세우며 와이번스 팬들의 기대감을 산산이 부서뜨렸다.

8번 김성현을 상대로 몸 쪽에 바짝 붙였던 투심 패스트볼이 빠지면서 사사구가 나오긴 했지만 조동하를 대신해 타석에 들어선 김광민에게 또다시 삼진을 빼앗으며 이닝을 마무리 지었다.

8이닝 2피안타 무실점, 탈삼진 14개.

여기서 강판된다 하더라도 기립 박수를 받기에 충분한 기록이었다.

그러나 더그아웃으로 돌아간 한정훈은 아이싱 대신 수건으로 땀을 닦으며 숨을 골랐다.

8회까지 투구 수는 고작 90구에 불과했다.

120구 전후로 여겨지는 한계 투구 수까지도 아직 30구가 남은 상태였다.

한정훈은 로이스터 감독이 허락만 해준다면 9회가 아니라 12회까지도 공을 던질 생각이었다.

설사 로이스터 감독이 반대한다 하더라도 0 대 0인 상황에서 마운드를 내려가고 싶지 않았다.

그런 한정훈의 투지가 야수들에게까지 전해졌다.

"형빈아, 나가기만 해라. 형이 꼭 불러들일 테니까."

최준이 공형빈을 향해 소리쳤다. 1번 타자 공형빈이 출루한 상황에서 자신에게 기회가 돌아온다면 3타수 무안타의 부진을 한 방에 날려 버릴 생각이었다.

"걱정 마세요. 그냥은 안 들어올 테니까."

공형빈도 엄지를 들어 올리며 의지를 불태웠다.

그리고 바뀐 투수 박인식의 초구가 살짝 높게 들어오자 이를 악물고 방망이를 휘둘렀다.

그런데…….

－큽니다! 쭉쭉 뻗어 나갑니다!

－이거 제대로 걸렸는데요!

－좌익수 뒤로! 좌익수 뒤로! 담장! 넘어갑니다!

－이 한 방은 크죠?

－네! 길고 길었던 0의 행진을 공형빈 선수가 깨뜨려 버립니다!

공형빈이 힘껏 잡아당긴 공이 그대로 펜스를 넘기고 말았다.

"으아아아!"

펜스를 맞고 튕길 것에 대비해 2루까지 전력질주를 했던 공형빈이 괴성을 내지르며 3루를 돌았다.

올 시즌 홈런이 2개뿐인 상황에서 한국 시리즈 결승 홈런을 때렸으니 도저히 흥분을 참을 수가 없었다.

"형비나아아아아!"

"사랑한다!"

스톰즈 팬들도 구장이 떠나가라 함성을 내질렀다.

정규 이닝이 다 끝나가는 상황에서도 점수를 뽑지 못해 속이 타들어 갔는데 공형빈의 홈런 한 방 덕분에 숨이 탁 하고 트인 것이다.

반면 초구에 홈런을 허용한 박인식은 글러브로 얼굴을 감싸며 눈시울을 붉혔다.

그런 박인식을 지켜보는 와이번스 팬들도 절망감에 말을 잇지 못했다.

"괜찮아. 잘 던졌어."

박경원 감독은 박인식을 내리고 진유수를 올렸다.

경기 흐름이 완전히 달라진 상황에서도 진유수는 침착하게 공을 던지며 세 타자를 범타로 돌려세웠다.

그리고 운명의 9회 초가 시작됐다.

"아! 시팔 진짜!"

"로이스터 감독 너무한 거 아니야?"

조마조마한 마음으로 1루 측 더그아웃만 바라보던 와이번스 팬들이 울분을 토해냈다.

이승민이 올라오길 두 손 모아 기도했는데 한정훈이 글러브를 집어 든 것이다.

9회 초, 리드 상황이라면 마무리 이승민에게 기회를 주는 게 당연했다.

이승민이 올 시즌 다소 부진한 성적을 냈다 하더라도 세이브 여건에서 마무리를 배제한다는 건 상식적으로 있을 수 없는 일이었다.

하지만 정작 이승민은 한정훈이 경기를 마무리 짓는 것에 대해 눈곱만큼의 불만도 없었다.

2년 연속 팀의 마무리투수로 활약하긴 했지만 한국 시리즈라는 큰 무대에서 한 점 차 점수 차이를 지키기 위해 등판한다는 건 말처럼 쉬운 일이 아니었다.

그래서 한정훈은 행여라도 이승민이 부담을 갖지 않도록 9회 세 타자를 깔끔하게 처리하고 경기를 마무리 지었다.

9이닝 2피안타 1사사구 무실점. 탈삼진은 총 16개.

그야말로 완벽에 가까운 피칭이었다.

45장
기록 파괴자(3)

[스톰즈, 1차전 잡고 한국 시리즈 우승 정조준!]

[1차전 승리팀 우승 확률 66.7%]

[한정훈, 9이닝 무실점 16K 완벽 투!]

[한정훈 김강현과의 맞대결에서 판정승 거둬!]

한국 시리즈 1차전이 끝나기가 무섭게 주요 포털 사이트에 관련 기사들이 쏟아져 나왔다.

제목은 조금씩 달랐지만 스톰즈가 한정훈을 앞세워 1 대 0 신승을 거두었다는 내용들은 서로 복사해서 붙여넣기를 한 것처럼 비슷비슷했다.

하지만 그런 뻔한 기사글로는 스토리를 원하는 야구팬들

의 눈높이를 충족시키기 어려웠다.

　ㄴ한국 기자들 클라스 보소. 한국 시리즈도 복붙이네.
　ㄴ나는 분명 다른 기사를 클릭했는데 기사 내용이 바뀌질
않아!
　ㄴㅇㅂㅇ 농담 아니고 기사 6개 클릭했는데 전부 똑같음.
　ㄴ이래서 내가 메인에 걸린 기사는 안 건든다니까.

　똑같은 내용의 기사들이 제목만 바꿔가며 올라오자 야구
팬들이 불만을 터뜨렸다.
　요즘처럼 스마트한 시대에 차별성을 갖추지 못하는 기사
는 외면받기 십상이라는 걸 정작 기자들만 모르고 있다며 한
탄을 했다.
　그때 뒤늦게 업데이트된 신선한 제목의 기사 두 개가 야구
팬들의 눈을 사로잡았다.

　[신구 에이스의 명품 투수전, 한정훈 vs 김강현 현장 리포트]

　작성자는 올 시즌부터 프로야구 쪽으로 넘어온 한예리
였다.
　예쁘장한 외모에 해박한 야구 지식으로 야구팬들 사이에
서는 갓예리라 칭송받고 있었다.

기사 안에는 한정훈과 김강현의 에이스 맞대결이 사진을 통해 펼쳐져 있었다.

　　현장에서 찍은 것 같은 사진 속에는 직관이나 중계방송으로 느끼지 못한 두 선수의 표정이 생생하게 담겨 있었다.

　　└역시 한예리! 진짜 얼굴값 한다!

　　└와, 시팔. 버퍼링 걸려서 버벅대는 기사는 진짜 오랜만이네.

　　└예리 누나 짱짱짱!

　　야구팬들은 백여 장이 넘는 사진이 걸린 한예리의 기사에 감동을 금치 못했다.

　　한예리의 기사를 완독하는 것만으로도 1회부터 7회까지 이어진 명품 투수전이 머릿속에 선명하게 그려지는 기분이었다.

　　└한정훈이야 원래 인간이 아니지만 김강현은 진짜 대박. 5회부터 손가락에 물집 잡혔는데 이 악물고 던지는 거 보고 소름 돋았음.

　　└아까 이용헌 해설위원이 김강현이 자꾸 손가락을 바라본다고 했는데 진짜 물집 잡혔을 줄이야.

　　└멘탈 약한 애들이면 자진 강판 요청했을 텐데 김강현 진

짜 장하다.

　└와이번스 너무하네. 늙었다고 괄시하는 것으로도 모자라 투수 몸 상태 하나 캐치 못하냐?

　└하아, 강현아. 진짜 내년에는 다른 구단으로 가자.

　└그래, 스톰즈 와라. 한정훈하고 서부 리그 씹어 먹자!

　야구팬들은 한정훈을 상대로 혼신의 역투를 펼친 김강현에 대해서도 칭찬을 아끼지 않았다.

　특히나 5회 2사 이후 손가락에 물집이 잡혔음에도 불구하고 내색하지 않고 7회까지 마운드를 지켰다는 점은 스톰즈 팬들조차 뭉클하게 만들었다.

　한예리의 기사가 순식간에 포털 메인 화면에 노출될 때쯤 최일식의 기사가 올라왔다.

　[스톰즈, 한정훈이 있었기에 가능한 1 대 0 승리!]

　최일식은 특유의 데이터 분석을 통해 스톰즈의 1 대 0, 한 점 차 승리를 재조명했다.

　3점 차 이내의 승부에서 75퍼센트의 승률을 기록했던 와이번스가 9회까지 이렇다 할 기회조차 만들지 못하고 끌려간 모든 이유를 데이터를 통해 설명했다.

└와아, 진짜 최일식이다.

└진심 퀄이 다른 기사다. 최일식이 아마야구 때려치고 프로야구에 집중하면 안 되나?

└그럼 다른 기자들 전부 굶어 죽을걸?

└아니, 안 굶어 죽음. 그들에겐 컨트롤 씨 컨트롤 브이가 있으니까.

└이 기사를 보니까 8회 박경원 감독이 진유수가 아니라 박인식을 올린 게 이해가 되네.

└ㅇㅂㅇ 공형빈이 좌투 계투를 상대로 타율이 3할 6푼이나 된다는 거 이제야 알았음.

└진유수도 동점 상황에서 피안타율이 높다니까 불안했겠지. 박경원도 은근 데이터 야구 신봉자인데.

└어쨌든 한정훈이 잘 던진 거임. 공형빈의 뜬금포로 이기긴 했지만 솔직히 거기서 못 쳤더라도 한정훈 끌어내리지 못하면 질 경기였음.

최일식은 수준 높은 야구팬들을 위해 몇 가지 가정을 준비했다.

첫 번째는 공형빈의 홈런이 없었다면 한정훈이 과연 몇 회까지 버틸 수 있겠느냐는 것이었다.

작년과 올해 정규 시즌에서 한정훈은 정규 이닝 이상 공을 던진 적이 없었다.

투구 수가 많던 적던 9회에 피칭을 마쳤다.

한정훈을 불필요하게 무리시키지 않겠다는 로이스터 감독의 의지가 강하게 반영된 결과였다.

그래서 대부분의 야구팬은 9회가 지나면 한정훈이 강판될 가능성이 높다고 여겼다.

모르는 이들은 한정훈의 한계 투구 이닝이 9회까지라고 선을 긋기도 했다.

하지만 최일식은 한정훈의 한계 투구 수를 최소 130구로 예상했다.

전문가들이 이야기하는 120구보다 10구 정도를 더 높게 잡은 것이다.

한정훈은 고등학교 2학년, 한일 고교야구 대항전 결승전에서 9회까지 100구에 가까운 공을 던졌다.

그리고 프로 데뷔 첫해 언론사와의 인터뷰를 통해 120구까지는 던질 자신이 있다고 밝혔다.

실제로 전년도에 한정훈은 히어로즈와의 경기에서 9이닝 동안 114구를 던진 적이 있다.(최종 경기 결과는 9이닝 4피안타 1사사구 1실점)

그때도 마지막 114구째 던진 패스트볼의 구속이 155km/h까지 측정이 되었다.

당일 최고 구속인 158km/h에 비해 구속이 다소 떨어지긴 했지만 그 정도로 체력적인 한계가 왔다고 단언하긴 어려웠다.(한정훈은 4일 쉬고 등판한 다음 경기에서도 이글스를 상대로 85구를 던지며 7이닝 1실점 승리투수가 됐다.)

그래서 한정훈이 한 이닝(2018년 기준 이닝당 투수 평균 투구 수 16구)은 더 버텨줄 수 있다는 가정하에 한계 투구 수를 130구로 책정했다.

물론 이 130구를 진정한 의미의 한계 투구 수로 단정 지을 생각은 추호도 없다.

130구가 넘어서더라도 한정훈의 구위가 갑자기 무너질 가능성은 낮기 때문이다.

9이닝 완투를 한 한정훈의 투구 수는 98구.

이닝당 11구 정도였다.

최일식이 제안한 130구까지는 32구가 남았으니 어림잡아 3이닝은 더 던질 수 있다는 계산이 나왔다.

만약 1차전에서 한정훈이 12회까지 무실점 호투를 펼쳤다면?

이 경기에서 패배하지 않기 위해 와이번스는 김강현 강판 이후의 5이닝을 불펜 투수들로 버텨야 했을 것이다.

한국 시리즈 엔트리(28명) 중 투수의 수는 총 13명.

그중 선발 자원 셋과 예비 선발 한 명, 마무리투수 박희선을 제외한 활용 가능한 불펜은 8명이다.

이들 8명 중 필승 계투는 4명이다.

추격조라 불리는 패전조 불펜 중 승부처에서 투입할 수 있는 투수는 애석하게도 없었다.

결국 4명을 최대한 돌려 5이닝을 무실점으로 막아내야 하는데 그것이 생각만큼 간단할 리 없었다.(필승 계투 4명의 정규 시즌 평균 소화 이닝은 총 4.1이닝)

설사 김강현 + 필승조 4인으로 한정훈과 12회 승부를 버틴다 해도 문제는 계속된다.

한국 시리즈 연장전은 15회까지.

남은 3이닝을 필승조 없이 싸워야 하는 것이다.

반면 스톰즈는 필승조가 건재하다.

불펜의 무게감은 와이번스에 미치지 못한다 하디라도 스톰즈의 필승조도 만만치 않았다.

그들과 맞서기 위해서는 예비 선발이나 마무리 박희선까지 끌어 쓸 수밖에 없게 되는 것이다.

결국 0 대 0 승부가 길어지더라도 와이번스에게 득이 되는 건 없었다.

휴식기가 길어지면서 양 팀 타자들의 타격 컨디션은 바닥까지 떨어져 있었다.

당연히 연속 안타보다 공형빈의 홈런처럼 장타 한 방에 승패가 갈릴 가능성이 커 보였다.

그렇다면 불펜으로 연명해야 하는 와이번스보다 올 시즌 피홈런이 2개에 불과한 괴물 투수 한정훈이 12회까지 버텨 줄 수 있는 스톰즈가 훨씬 유리할 수밖에 없었다.

ㄴ역시 기승전한정훈. ㅋㅋ

ㄴ좀 오그라들긴 하는데 완전히 틀린 분석은 아닌 듯

ㄴ니들은 최일식이 누구인 줄 알고 아가리 터는 거냐? 최일식은 뻥도 안 치지만 구라도 안 깐다.

ㄴ이 글에 반박하려면 데이터 들고 와라. 주둥이로 나불거리지 말고.

ㄴ최일식이 시즌 초에 한정훈이 작년보다 좋아질 거라 가정하고 예상 성적 뽑은 거 봤냐? 올 시즌 성적하고 90퍼센트 일치한다.

논란이 없지는 않았지만 대부분의 야구팬은 최일식의 예상에 동의했다.

무엇보다 데이터를 근거로 한 예측이기 때문에 이견은 없다시피 했다.

와이번스 팬들조차 한정훈이 12회까지 버틴다면 경기가 연장으로 들어갔더라도 승리할 가능성은 낮다는 점을 인정할 정도였다.

최일식은 이어 두 번째 가정으로 한정훈의 4차전 등판에 대해 전망했다.

정규 시즌에서 한정훈이 100구 이내로 완봉을 한 경기는 총 7경기.

그중 다음 경기에서 실점한 확률은 28퍼센트밖에 되지 않는다.

나머지 72퍼센트, 즉 5경기는 무실점으로 경기를 마쳤다.

투구 이닝은 평균 8.1이닝.

휴식일은 평균 4.4일이었다.

이 데이터대로라면 4차전에서도 한정훈의 호투가 예상
됐다.

정말로 한정훈이 8이닝 이상을 소화하며 무실점으로 마운
드를 지켜준다면 스톰즈가 승리를 챙겨 갈 가능성도 높아질
수밖에 없었다.

변수가 있다면 휴식일.

정규 시즌에서 단 한 번도 3일 휴식 후 선발 등판을 하지
않은 한정훈이 짧은 휴식일 동안 얼마나 피로를 회복할 수
있을지가 관건이었다.

물론 최일식은 짧은 휴식 기간도 한정훈의 피칭에 큰 영향
을 끼치지는 못할 것이라고 전망했다.

올 시즌, 작년보다 많은 이닝을 소화하면서 단 한 차례도
앓는 소리를 내지 않았던 한정훈이라면 한 경기 정도는 아무
렇지도 않게 던질 것이라고 단언했다.

하지만 만에 하나 시리즈가 3승 2패로 와이번스가 리드하
는 상황에서 한정훈이 6차전에 등판하는 상황이 찾아온다면
이야기는 다를 수밖에 없었다.

최일식은 일단 한정훈이 6차전에 선발 등판할 가능성은

없다고 잘라 말했다.

설사 한정훈이 등판을 자원하더라도 로이스터 감독이 거절해야 한다고 단호하게 소리쳤다.

다만 경기 중후반, 아슬아슬하게 리드하는 상황에서라면 한정훈이 계투로 등판할지도 모른다고 말했다.

4차전 선발 후 6차전까지 주어진 휴식일은 단 이틀뿐.

경기당 100구 전후의 공을 던지는 선발투수의 특성상 이틀 휴식만으로 구위를 되찾기란 쉽지 않아 보였다.

최일식은 한정훈이 7차전에 등판해 호투하는 모습을 보기 위해서라도 스톰즈가 잔여 경기 중 한 경기는 자력으로 승리해야 한다고 말했다.

그런 주장에 야구팬들은 또다시 고개를 끄덕거릴 수밖에 없었다.

ㄴ옳은 말. 야구계에서 가장 쓸데없는 걱정이 한정훈 걱정임.

ㄴ선발 한정훈은 언제나 진리다.

ㄴ스톰즈 프런트는 이 기사 번역해서 마크 레이토스하고 테너 제이슨한테 좀 읽어줘라. 둘이 빡쳐서 완봉하게.

ㄴ진짜 그렇게만 되면 4차전에서 게임 셋이다.

ㄴ그건 스톰즈 팬들 희망사항이고. 최일식이 6차전 이야기하는 걸 보면 와이번스가 3승 2패로 앞서 갈 가능성이 높

아 보임.

　ㄴ마크 레이토스는 6이닝용이고 테너 제이슨은 큰 경기에
약하니까. 두 경기 잡고 한정훈한테 다시 4차전 내줘도 분위
기는 와이번스가 앞서 가는 거지. 한정훈을 7차전까지 아껴
야 하는 스톰즈는 똥줄 타는 거고.

　ㄴ그래도 이 기사 보고 조금은 안심함. 한정훈도 신이 아
니라 인간이었음.

　ㄴ나도 방금 그 생각 함. ㅋㅋ 잘만 하면 한정훈 6차전에
서 무너지는 모습 보게 될지도 모르겠음.

　최일식의 가정은 다양한 댓글을 불러 일으켰다.

　스톰즈 팬들은 하나같이 한정훈 없는 1승을 외쳤다.

　반대로 와이번스 팬들은 한정훈을 6차전에 끌어내자고 목
소리를 높였다.

　하지만 고수 야구팬들은 최일식이 기사 글 말미에 적어놓
은 문단에 집중했다.

　[내일, 안양 스톰즈 파크에서 스톰즈와 와이번스 간의 한국 시
리즈 2차전이 열린다. 스톰즈 선발투수는 마크 레이토스. 이에 맞
서 와이번스는 아껴두었던 외인 에이스 다니엘 노스를 등판시킨
다. 기상청은 내일 새벽부터 전국에 비가 내린다고 예보했다. 안양
스톰즈 파크의 배수 공사 지연으로 인해 배수 환경이 열악한 만큼
많은 비가 내리지 않기를 바란다.]

최일식은 군이 비가 내려 경기가 우천 취소되는 상황까지 언급하지는 않았다.

그러나 적잖은 야구팬들은 내일 비가 내리면 시리즈의 향방이 달라질 수 있다는 점에 주목했다.

└왜 이래? 어디 장사 하루 이틀이야? 기상청 예보 맞는 거 봤어?

└우리 이모부가 기상청 다니시는데 내일 경기할 때쯤 비 많이 올지도 모른다고 했음.

└우리 고모부도 기상청 다니는데 내일 비 안 온다던데?

└우천 취소 할 거면 일찍 하는 게 좋음. 괜히 경기 중에 우취 당하면 와이번스만 손해니까.

└그렇지 않아도 우천 취소가 하도 많아서 시즌이 밀렸는데 정말 우취가 나올까?

└어차피 하루 이틀 비와서 일정 밀린다고 한정훈이 4번 등판할 수 있는 거 아니니까 스톰즈 팬들은 꿈 깨길.

기상청의 예보대로 다음 날 오전부터 비가 보슬보슬 내리기 시작했다.

하지만 빗방울이 굵지 않았다.

스톰즈 구단에서도 일찌감치 방수포를 깔아놓은 탓에 경기에 큰 지장은 없어 보였다.

그런데 경기에 막 들어갈 무렵부터 빗줄기가 조금씩 굵어지기 시작했다.

"하아……. 이거 왠지 불안불안한데요?"

시커멓게 변한 하늘을 보며 김원영 투수 코치가 중얼거렸다.

그러자 옆에 있던 김선갑 수석 코치가 냉큼 박경원 감독의 눈치부터 살폈다.

박경원 감독은 우천 취소에 대해 민감한 반응을 보였다.

다른 걸 떠나 한정훈이라는 최대 변수를 감안했을 때 일정대로 치르는 게 최선이라고 판단한 것이다.

더욱이 2차전에는 에이스 다니엘 노스를 등판시킨 상황이었다.

경기 시작 전도 아니고 이제와 우천 취소가 선언된다면 잃는 게 더 많아질 수밖에 없었다.

반면 로이스터 감독은 빗줄기가 굵어지자 웃음을 감추지 못했다.

다니엘 노스라는 부담스러운 상대를 피하며 동시에 한정훈의 휴식일을 보장해 줄 수 있으니 이보다 더 좋을 수는 없었다.

이처럼 양 팀 더그아웃의 표정이 엇갈리자 경기 감독관도 쉽게 경기를 취소시키지 못했다.

3회 이후 빗줄기가 굵어지면서 구심이 두 차례나 경기 중단을 선언했지만 마찬가지였다.

하지만 4회 초 와이번스 공격 상황에서 구심이 세 번째 경기 중단을 선언하자 경기 감독관도 더는 머뭇거릴 수가 없었다.

"이젠 진짜 힘들어요. 홈 플레이트 쪽에도 물이 고였다고요."

구심이 더는 못 해먹겠다며 고개를 흔들어 댔다.

빗물 때문에 투수가 던지는 공조차 보이지 않은 상황에서 스트라이크 볼을 제대로 판정하기란 불가능한 일이었다.

그 때문에 양 팀 감독에게 벌써 다섯 차례나 항의를 받아야 했다.

"하아, 어쩔 수 없죠."

경기 감독관은 한참 만에 경기 중단을 결정했다.

그리고 박경원 감독에게 찾아가 양해를 구했다.

"그러게 진즉 취소했으면 좋지 않습니까."

박경원 감독이 기다렸다는 듯이 불만을 터뜨렸다.

안양 스톰즈 파크 사정상 빗줄기가 거세질 경우 경기가 취소될 가능성이 높았다.

그때 경기 감독관이 재량껏 경기를 취소했다면 다니엘 노스는 아낄 수 있었을지 몰랐다.

그러나 경기 감독관도 어쩔 수 없다는 표정이었다.

"이해해 주세요. 나도 비가 이렇게 많이 올 줄은 몰랐습니다."

결국 세 차례나 경기가 중지됐던 한국 시리즈 2차전은 우천으로 취소가 결정됐다.

그리고 다음 날 새벽까지 쏟아진 비 때문에 2차전은 하루 더 미뤄지고 말았다.

갑작스러운 비 때문에 일정이 이틀이나 뒤로 밀리자 전문가들은 이해득실을 따지는 데 열을 올렸다.

"일단 스톰즈 쪽이 절대적으로 유리해 보입니다. 한정훈 선수를 3차전에 등판시킬 수도 있으니까요."

"제 생각도 같습니다. 일정이 하루만 밀렸어도 로이스터 감독의 고심이 컸을 텐데 이틀이나 미뤄졌으니 이제는 아무 부담 없이 3차전에 출전시킬 겁니다."

대부분의 전문가는 스톰즈가 더 이득을 봤다고 말했다.

가장 큰 이유는 에이스 한정훈의 등판이 앞당겨졌기 때문이다.

당초 사흘을 쉬고 4차전에 등판할 것으로 보였던 한정훈은 경기 일정이 이틀 미뤄지면서 정상적으로 나흘을 쉬고 3차전에 나올 수 있게 됐다.

그리고 사흘 뒤 6차전에서 한정훈을 또다시 선발로 내세우는 게 가능해졌다.

"한정훈이 1차전에 이어 3차전과 6차전까지 잡아준다면 스톰즈가 절대적으로 유리할 수밖에 없습니다."

"반면 와이번스는 출혈이 큽니다. 다니엘 노스를 써먹지도 못하고 경기를 날려 버렸으니까요?"

어지간해서는 언론 플레이를 하지 않는 박경원 감독이 대놓고 불만을 터뜨릴 만큼 와이번스는 출혈이 컸다.

필승 카드였던 다니엘 노스를 내보내고도 승리를 챙기지 못했다.

설상가상 빗속에서 너무 오래 투구를 한 탓에 다니엘 노스가 감기 증세까지 보이며 다음 등판 일정을 잡지 못하고 있었다.

물론 스톰즈도 한정훈과 함께 원투 펀치를 형성했던 마크 레이토스라는 투수를 허무하게 낭비하고 말았다.

하지만 마크 레이토스와 다니엘 노스가 제 팀에서 차지하는 비중을 놓고 봤을 때 와이번스가 더 뼈아플 수밖에 없었다.

"결국은 2차전이 관건입니다."

"제 생각도 같습니다. 스톰즈가 테너 제이슨을 앞세워 승리를 차지하면 시리즈를 4차전에서 끝낼 가능성이 높아지겠지만 만약 앤드류 힌에게 발목을 잡힌다면 우승을 장담하기 어려워집니다."

"다니엘 노스의 컨디션도 변수입니다. 노스의 컨디션이 빨리 회복된다면 와이번스도 해볼 만할 겁니다."

전문가들은 와이번스가 어떻게든 2차전을 승리하고 시리

즈를 원점으로 돌려야 한다고 말했다.

만에 하나 2차전까지 패배할 경우 우승을 스톰즈에게 그대로 내주게 될 것이라고 경고했다.

지금까지 치러진 총 36번의 한국 시리즈 중 1차전 승리팀이 우승한 경우는 66.6퍼센트였다.(24회)

2000년대 이전까지만 해도 1차전 승리가 우승으로 통할 정도였지만 이후 리버스 우승이 빈번하게 일어나면서 확률이 낮아졌다.

그래서 전문가들도 스톰즈가 1차전을 가져갔다고 해서 우승에 근접해졌다는 말은 하지 않았다.

하지만 스톰즈가 2차전까지 가져간다면 상황은 달라질 수밖에 없었다.

역대 한국 시리즈 중 한 팀이 1, 2차전을 모두 가져간 경기는 17번.

그중 1, 2차전 승리팀이 우승한 경우는 15번에 달했다.

우승 확률이 무려 88.2퍼센트.

거기에 3차전 선발이 한정훈인 걸 감안하면 그 확률은 100퍼센트에 수렴할 수밖에 없게 된다.

"마지막 경기라는 각오로 이기겠습니다."

경기 전 인터뷰에서 박경원 감독은 독한 표정을 지었다.

그리고 그 표정만큼이나 집요한 경기를 펼쳤다.

와이번스 선수들은 테너 제이슨을 맞아 철저하게 슬라이

더만 노렸다.

휴식일이 길어질 경우 테너 제이슨의 변화구 제구가 떨어진다는 약점을 파고든 것이다.

똑같은 작전으로 한정훈에게도 덤벼들었지만 결과는 정반대로 나타났다.

한정훈에게는 완패를 당한 반면 테너 제이슨에게는 5회까지 9안타를 때려내며 4점을 빼앗는 데 성공했다.

테너 제이슨이 고비 때마다 병살을 유도하며 버텼지만 기세가 넘어가는 걸 막아내지 못했다.

거기에 불펜까지 2점을 헌납하며 추격에 찬물을 끼얹었다.

반면 스톰즈 타자들은 와이번스의 선발 앤드류 힌에게 틀어막혔다.

7회까지 안타 3개와 사사구 1개를 묶어 1득점이 전부였다.

황철민이 마지막 타석 때 때려낸 홈런이 아니었다면 영봉패를 당할 뻔했다.

최종 스코어 6 대 1.

이틀 전 1 대 0으로 신승했던 기쁨이 한순간에 사라지고 말았다.

"좋았어!"

"이대로만 가자!"

와이번스 팬들은 뛸 듯이 기뻐했다.

시리즈 전적을 1승 1패로 맞춘 만큼 시리즈를 처음부터 다시 시작할 수 있게 됐다.

하지만 와이번스 팬 중 누구도 3차전까지 승리할 것이라는 기대는 갖지 않았다.

"3차전은 버려도 괜찮아. 모든 전력을 4차전에 집중해야 해."

"홈경기에서도 2승 2패로 균형을 맞추면 충분히 가능성 있어!"

와이번스 팬들은 한목소리로 4차전에 집중할 것을 주문했다.

한정훈이 선발 등판하는 3차전에서 괜히 헛심을 쓰느니 4차전에 전력을 다하는 게 낫다고 여겼다.

박경원 감독도 적극적으로 팬들의 의견을 수용했다.

그리고 이틀 후 열린 3차전 선발로 김강현이 아닌 정영인을 내세웠다.

정영인은 2007년 메이저리그 진출을 시도했다가 유턴해 2013년 와이번스에 입단했다.

입단 후 곧바로 상무에 입단, 군문제를 해결한 뒤 2016년부터 와이번스의 주축 선수로 자리매김한 상태였다.

좌완 선발이 강한 와이번스에서 정영인은 윤희성, 언더핸드 박정훈과 함께 토종 우완 트로이카로 활약했다.

올 시즌 성적은 9승 7패.

득점 지원이 적어 승운이 따르지 않았지만 평균 자책점은 3.23(153이닝 55자책)로 준수한 편이었다.

그러나 와이번스 팬들은 물론 박경원 감독도 정영인이 한 정훈을 상대로 승리투수가 될 것이라 기대하지 않았다.

그저 선발투수로서 최대한 오래 버텨주길 바랐다.

정영인은 박경원 감독의 기대에 80퍼센트 정도 부응했다.

6이닝까지 7피안타 3실점 퀄리티 스타트.

선발투수로서 제 몫은 다한 셈이었다.

하지만 정규 시즌 0점대 자책점을 기록했던 한정훈을 상 대로 3점을 뒤진 경기를 가져오기란 불가능한 일이었다.

설상가상 7회 구원등판한 채병영이 최준과 작 피터슨에게 백투백 솔로 홈런을 허용하며 승기를 완전히 넘겨 버렸다.

결국 인천에서 열린 3차전은 5 대 1, 넉 점 차로 스톰즈가 가져갔다.

MVP는 한정훈. 7이닝까지 1피안타 무사사구 피칭으로 팀 의 승리를 이끌었다.

8회부터 올라온 브렛 라이더가 2이닝 1실점으로 뒤를 받 쳤다.

스톰즈가 시리즈 전적 2승 1패로 앞서 갔지만 언론은 호들 갑을 떨지 않았다.

한정훈이 3차전에 등판한 순간부터 스톰즈의 리드는 예상 했던 일이다.

중요한 건 4차전.

와이번스가 균형을 맞추지 못할 경우 시리즈는 다음 번 한정훈의 등판 이전에 끝나게 될 터였다.

그 점을 의식한 듯 박경원 감독은 컨디션이 가장 좋은 김강현을 선발로 내세웠다.

예정대로라면 다니엘 노스가 나와야 했지만 아직 정상 컨디션이 아니라 등판이 연기됐다.

"김강현이라니? 박경원 감독 미친 거 아냐?"

"하아, 진짜 노스 뭐냐. 뭔 투수가 감기에 걸리고 난리야."

와이번스 팬들은 불안함을 감추지 못했다.

김강현이 1차전에서 전성기에 버금가는 호투를 선보여주긴 했지만 그 기세가 4차전까지 이어지리라는 보장은 없었다.

반면 스톰즈의 선발은 마크 레이토스였다.

선취점이 중요한 경기에서 선발 맞대결의 무게감은 스톰즈 쪽으로 기울 수밖에 없었다.

그러나 김강현은 1차전에 이어 4차전에서도 전성기 때의 피칭을 이어갔다.

8이닝 6피안타 3사사구 1실점. 탈삼진은 5개에 불과했지만 성급히 덤벼드는 타자들을 맞춰 잡으며 투구 수를 아꼈다.

마크 레이토스도 평소보다 긴 7회까지 마운드를 지키며 5

피안타 1실점으로 호투했다.

김강현이 마운드에서 내려간 8회 초 이후 스톰즈와 와이번스는 불펜 싸움에 돌입했다.

먼저 주도권을 쥔 건 와이번스.

조이 갈로우가 마크 레이토스를 구원 등판한 강현승을 상대로 솔로포를 때려내며 순식간에 인천 구장을 들썩거리게 만들었다.

하지만 9회 초 정규 이닝 마지막 공격에서 시리즈 내내 부진했던 루데스 마르티네스가 와이번스의 마무리 박희선을 상대로 동점 적시 2루타를 때려내며 승부를 원점으로 되돌렸다.

볼넷으로 출루했던 공형빈의 홈 슬라이딩 장면을 두고 박경원 감독이 비디오 판독까지 꺼내 들었지만 동점을 막지는 못했다.

이후 15회까지 양 팀은 무려 10명의 투수들을 쏟아부으며 싸웠다.

하지만 더 이상의 추가점은 나오지 않았다.

최종 스코어 2 대 2.

2019년 한국 시리즈 첫 번째 무승부 경기였다.

시리즈 스코어 2승 1무 1패로 스톰즈가 리드한 가운데 무대가 서울로 바뀌었다.

당초 개정된 규칙에 따라 한국 시리즈는 동서부 리그 1군

팀들 간의 홈&원정 경기로만 치러지는 게 원칙이었다.

하지만 안양시 측에서 작년에 이어 올해까지 신규 구장 건설에 대한 청사진을 제시하지 못하면서 KBO 측의 철퇴를 맞고 말았다.

KBO는 스톰즈가 한국 시리즈에 진출할 경우 경기 일부를 서울 야구장에서 치르겠다고 통보했다.

그리고 내년까지 신규 구장에 대한 확답이 없을 경우 연고지 권한을 박탈할 수 있다고 으름장을 놓았다.

안양시 측은 KBO의 경고에 코웃음을 쳤다.

창단한 지 이제 2년째인 스톰즈가 한국 시리즈에 진출할리 없다고 판단한 것이다.

하지만 예상과는 달리 스톰즈가 시즌 초반부터 상위권을 유지하다 이내 리그 우승을 차지하자 안양시의 태도가 돌변했다.

올 시즌이 끝나면 곧바로 새 구장 건설에 들어가겠다며 KBO 측에게 화해의 제스처를 취한 것이다.

그러나 안양시의 고압적인 자세에 질려 버린 KBO는 안양시의 제안을 거절했다.

스톰즈 구단도 마찬가지. 안양시의 정치 놀음에 끌려 다니지 않겠다는 뜻을 분명히 했다.

그렇게 안양 2연전-인천 3연전-안양 2연전으로 치러져야할 한국 시리즈가 안양 2연전-인천 2연전-서울 3연전으로 변경됐다.

와이번스 측에서는 인천 3연전을 유지해 달라고 강하게 항의했지만 KBO는 형평성 문제를 들어 기존의 입장을 고수했다.

이 점에 대해 상당한 불만을 가지고 있던 와이번스 팬들이 4차전 무승부 이후 폭발해 버렸다.

ㄴ진짜 크보 너무한 거 아니냐? 와이번스가 만만하냐? 아니면 정한에 뒷돈 받은 거냐?

ㄴ내 말이. 스톰즈에 페널티 주는 거면 스톰즈만 피해봐야지 왜 우리까지 걸고넘어지는데?

ㄴ트윈스하고 베어스 내년부터 신축 구장으로 옮겨가니까 서울 야구장 기념하기 위해서 경기 유치한 거잖아!

ㄴ그건 크보에서 짖어대는 개솔이고. 동대문야구장도 아닌데 기념은 뭔 기념이야?

와이번스 팬들이 불만을 갖는 이유는 간단했다.

돌아가는 분위기상 4차전에 이어 5차전이 인천에서 치러졌을 경우 와이번스가 승부를 원점으로 돌려놓을 가능성이 높았기 때문이다.

와이번스에서 5차전에 내세울 수 선발은 다니엘 노스, 혹은 앤드류 힌.

다니엘 노스는 아직 컨디션이 100퍼센트 올라오지 않았고 앤드류 힌은 휴식일이 짧다는 약점을 가지고 있었다.

하지만 둘 중 누가 올라오더라도 승리는 떼 놓은 당상이라는 의견이 지배적이었다.

이유는 간단했다. 스톰즈에서 5차전에 내세울 수 있는 투수가 테너 제이슨뿐이었기 때문이다.

2차전에서 패배의 쓴 맛을 본 테너 제이슨이 고작 사흘을 쉬고 다시 마운드에 올라오는 상황이었다.

한 번 슬럼프에 빠지면 연속해서 부진한 투구를 이어가는 테너 제이슨의 특성상 5차전도 와이번스가 수월하게 경기를 풀어갈 게 틀림 없어보였다.

하지만 5차전이 열려야 하는 날이 휴식일로 바뀌고 휴식일이 서울 5차전으로 변경되면서 와이번스 팬들은 눈앞에서 1승을 날려 버렸다며 울분을 감추지 못했다.

여기에 전문가들까지 나서서 스톰즈에게 유리한 시리즈가 됐다고 불을 지피면서 KBO 홈페이지는 순식간에 마비가 되어버렸다.

"5차전이 열리면 조용해질 겁니다."

KBO 측에서는 와이번스 팬들의 집단 항의를 일시적인 불만 표출 정도로 받아들였다.

5차전이 열리고 와이번스가 승리를 차지하면 언제 그랬냐는 듯 조용해질 것이라고 여겼다.

그런데 휴식일 저녁부터 내린 비 때문에 서울에서 열릴 5차전이 우천 취소되는 사단이 겹치자 와이번스 팬들의 분노는 극에 달했다.

┗한국 시리즈 보이콧 하자!
┗이건 가만히 있을 일이 아님! KBO 총재한테 따지러 가야 함!

와이번스 팬들은 말이 아니라 행동으로 보여주겠다며 이를 갈았다.

그런 와이번스 팬들의 움직임에 적잖은 야구팬들이 동조하면서 분위기는 점점 험악해져만 갔다.

궁지에 몰린 KBO는 언론에 사과문을 발표하며 사태 무마에 나섰다.

KBO는 스톰즈 구단에 양해를 얻어 서울에서 열릴 5차전을 와이번스의 홈경기로 변경하겠다고 약속했다.

4차전이 무승부가 되면서 시리즈를 최장 8차전까지 치러야 하는 상황이라 5차전 홈팀 변경은 결과적으로 큰 의미가 없어 보였다.

하지만 손해를 봤다는 와이번스 팬들의 마음을 달래는 데는 어느 정도 효과를 보았다.

결국 와이번스 구단까지 나서서 팬들을 진정시키면서 인

터넷상으로 떠돌던 극단적인 일들은 일어나지 않았다.

그리고 4차전이 끝난 지 사흘 만에 서울 야구장에서 5차전 경기가 열렸다.

스톰즈의 선발투수는 당초 예상대로 테너 제이슨이었다.

반면 우천 취소로 인해 시간을 번 와이번스는 실질적인 에이스 다니엘 노스를 올렸다.

2차전의 부진을 만회하려는 듯 테너 제이슨은 경기 초반부터 불같은 강속구를 던져댔다.

최고 구속 156km/h.

시즌 중 한창 좋을 때 던졌던 구속이 전광판에 찍혔다.

이에 맞서 다니엘 노스도 에이스다운 피칭으로 응수했다.

구속은 테너 제이슨만 못했지만 특유의 묵직한 공으로 스톰즈 타자들을 범타로 유도해 냈다.

테너 제이슨은 7회까지 3피안타 2볼넷 무실점.

다니엘 노스는 8회까지 피안타 4개만 허용하며 무실점.

4차전의 데자뷔를 보듯 동점 상황에서 선발투수들이 물러나고 또다시 불펜 싸움이 시작됐다.

하지만 결과는 4차전과 달랐다.

8회 등판한 정희운이 중심 타순을 상대로 연속 안타를 허용하며 2점을 헌납했다.

2년 연속 20홀드를 넘기며 스톰즈 불펜의 핵으로 자리 잡았지만 애석하게도 한국 시리즈라는 중압감을 떨쳐 내지 못하고 말았다.

반면 4차전에 이어 5차전에도 마운드에 오른 박희순은 세 타자를 깔끔하게 막아내고 시리즈 첫 세이브를 따냈다.

이로써 시리즈 스코어 2승 1무 2패.

또다시 균형이 맞춰졌다.

경기가 끝나자 로이스터 감독은 6차전 선발로 한정훈을 예고했다.

이에 맞서 박경원 감독도 앤드류 힌 카드를 꺼내 들었다.

앞선 두 번은 전략적 후퇴를 선언했지만 시리즈가 후반으로 접어든 만큼 승부수를 띄운 것이다.

전문가들은 일단 한정훈의 우세를 예상했다. 그러면서도 앤드류 힌이 조커가 될 수 있다고 입을 모았다.

"정규 시즌에서 두 선수가 한 번 맞붙은 적이 있었는데 그 때도 한정훈 선수가 승리를 했습니다."

"한정훈 선수가 8이닝을 무실점으로 막아냈고 앤드류 힌 선수가 7이닝 1실점 했죠?"

"네, 결국 경기는 스톰즈의 승리로 끝이 났지만 한정훈 선수만큼이나 앤드류 힌 선수의 투구도 빛이 났던 경기로 기억합니다."

"지금까지의 성적만 놓고 보자면 한정훈 선수의 손을 들어줄 수밖에 없겠죠. 하지만 앤드류 힌 선수도 호락호락 물러설 것 같지는 않습니다."

전문가들은 정규 시즌 맞대결 못지않은 최고의 투수전이 펼쳐질 것이라 기대했다.

하지만 경기는 스톰즈의 일방적인 승리로 끝이 나버렸다.

휴식일이 필요 이상으로 길어진 앤드류 힌의 투구 밸런스가 무너져 버렸기 때문이다.

2차전 승리투수가 된 이후 앤드류 힌은 무려 6일을 쉬고 선발 등판했다.

당초 예정은 5차전 선발이었지만 우천으로 인해 하루가 연기되고 다니엘 노스와 등판 순서를 맞바꾸면서 예정보다 이틀이나 뒤로 밀리고 말았다.

시즌 대부분의 경기를 5일 간격으로 등판했던 앤드류 힌에게 지나친 휴식일은 독으로 작용했다.

특히나 구위보다는 제구를 앞세워 섬세하게 피칭하는 스타일상 밸런스가 흐트러진 건 치명적이었다.

결국 앤드류 힌은 3회를 버티지 못하고 강판됐다.

2.1이닝 동안 5피안타 2사사구 4실점.

한정훈을 상대로 점수를 뽑아야 하는 와이번스 타자들에게는 절망적인 결과였다.

나흘간 푹 쉬고 정상 컨디션으로 마운드에 오른 한정훈은 8회까지 와이번스 타자들을 3피안타 무실점으로 틀어막고 시리즈 3승째를 챙겼다.

한정훈에 이어 마운드에 오른 이승민이 세 타자를 삼자범퇴로 처리하며 경기를 마무리 지었다.

최종 스코어 4 대 0.

시리즈의 균형이 또다시 스톰즈 쪽으로 기울었다.

7차전에 앞서 하루 동안 휴식일이 주어졌다.

시리즈 도중 무승부 경기가 나올 경우 휴식일을 하루 더 갖는다는 규정 때문이었다.

선발투수가 빡빡한 상황이라 스톰스는 물론이고 와이번스도 불만을 보이지 않았다.

팬들도 마찬가지. 어차피 한정훈의 추가 선발 등판은 불가능해진 상황이라 다들 잔여 선발로 우승을 위한 퍼즐을 짜 맞추기에 여념이 없었다.

로이스터 감독이 예고한 스톰즈의 7차전 선발은 배용수였다.

본래 마크 레이토스의 선발이 예정되어 있었지만 갑작스럽게 무릎에 통증을 호소하면서 다급히 배용수로 변경되었다.

이에 맞서 박경원 감독은 김강현을 선발로 내세웠다.

그렇게 또 다른 레전드 매치가 성사됐다.

2000년대 초반 최고의 투수로 군림했던 배용수.

2000년대 후반 최고의 투수로 발돋움한 김강현.

지금은 후배와 용병 투수들에게 에이스 자리를 빼앗겼지만 한때는 리그를 호령했던 두 전설급 투수들이 팀의 승리를 위해 마운드에 올랐다.

전체적인 분위기는 스톰즈 쪽이 우세했다.

한국 시리즈 우승이 코앞인 상황이라 선수들의 얼굴에도 여유가 넘쳤다.

반면 와이번스 더그아웃은 비장함만이 감돌았다.

오늘 경기에서 패배하면 그대로 한국 시리즈는 끝이었다.

실력으로 스톰즈에게 밀렸다면 할 말 없겠지만 한정훈이라는 괴물 투수 한 명에게 3연패를 당한 만큼 억울해서라도 이대로 시리즈를 끝낼 수가 없었다.

당초 타격전으로 전개될 것이라는 예상과는 달리 배용수와 김강현은 팽팽한 투수전을 이어갔다.

6회를 마친 시점까지 서로 피안타 3개씩을 허용하며 상대 타선을 무실점으로 틀어막았다.

하지만 배용수와 김강현의 체력 상태는 달랐다.

올 시즌 로테이션을 거르지 않고 3선발로 활약해 온 김강현은 투구 수까지 절약하며 한두 이닝 정도 더 버틸 수 있는 체력이 남은 반면 강현승에게 5선발 자리를 내주고 6선발로 드문드문 경기에 나섰던 배용수의 체력은 완전히 바닥이 나 버린 것이다.

결국 로이스터 감독은 7회 초 수비부터 불펜을 가동해야 했다.

반면 와이번스는 김강현이 한계 투구 수까지 버텨준 덕분에 8회 2사 이후부터 불펜 투수를 투입했다.

그리고 그 차이가 승패를 갈랐다.

7회 말에 한 점.

8회 말에 한 점.

차근차근 점수를 뽑아낸 와이번스가 벼랑 끝에서 2 대 0 승리를 따낸 것이다.

이로써 시리즈 전적은 또다시 3승 1무 3패로 동률을 이루었다.

이 같은 결과에 최종전을 예상했던 전문가들조차 혀를 내두를 정도였다.

"이제 정말 한 경기 남았습니다."

"어느 팀이 이기든 역대 가장 치열했던 한국 시리즈로 기억될 겁니다."

"그리고 역대 가장 점수가 적게 난 한국 시리즈로 남을 테고요."

전문가들은 마지막이 될 8차전 선발로 마크 레이토스와 앤드류 힌의 맞대결을 예상했다.

속사정을 모르는 야구팬들이 듣기에는 다소 황당한 전망이었다.

하지만 전문가들은 거의 확정된 것이나 마찬가지라는 듯 전망을 늘어놓았다.

"마크 레이토스 선수는 불펜 피칭 때 무릎이 살짝 뻐근했다고 하는데 검사 결과 별 이상은 없다고 합니다. 마크 레이토스 선수도 출전을 원하는 만큼 로이스터 감독만 허락한다면 8차전에 나올 가능성이 높습니다.”

“앤드류 힌도 6차전에서 40구밖에 던지지 않았으니까요. 와이번스 입장에서는 다른 대안이 없습니다. 하루 전에 100구를 넘게 던진 다니엘 노스를 사흘 만에 등판시키는 건 아무래도 무리니까요.”

전문가들은 경기 막판에 테너 제이슨과 다니엘 노스, 김강현은 물론 한정훈까지 불펜 대기할 가능성이 높다고 말했다.

그리고 한정훈이 어느 시점에 등판하느냐에 따라 경기의 결과가 달라질 것이라고 조심스럽게 예측했다.

그렇게 운명의 8차전이 시작됐다.

전문가들의 예상대로 스톰즈와 와이번스는 각각 마크 레이토스와 앤드류 힌을 선발로 내세웠다.

활용 가능한 선발 자원 중 가장 승률이 높은 카드를 보란 듯이 뽑아 든 것이다.

“레이토스가 5회까지만 버텨준다면 이길 수 있어!”

로이스터 감독은 마크 레이토스가 5이닝만 소화해 주면 충분히 승산이 있다고 여겼다.

투구 수가 적다곤 해도 앤드류 힌은 휴식일을 제대로 지키지 못한 상태다.

분명 초반에 득점 기회가 찾아올 터.

그때 어떻게든 점수를 뽑아낸 뒤 5회 이후 제이슨과 강현승이 마크 레이토스의 뒤를 받치고 정희운과 이승민이 마무리를 한다면 남은 4이닝은 얼마든지 틀어막을 수 있다는 계산이 선 것이다.

물론 여차하면 한정훈과 배용수까지 등판시킬 수도 있었다.

하지만 로이스터 감독은 그렇게까지 경기가 꼬이지 않길 바랐다.

"7회야! 7회! 7회까지는 던져 줘야 해!"

반면 박경원 감독은 앤드류 힌을 불러다가 긴 이닝을 소화해 줄 것을 당부했다.

최소 7이닝.

정규 시즌 평균 6.7이닝을 소화했던 앤드류 힌에게 평균 이상의 투구를 원한 것이다.

이유는 간단했다.

마크 레이토스는 정상 컨디션이 아니다.

믿을 만한 불펜이 많지 않은 스톰즈의 입장에서는 선발 자원들을 경기 후반에 투입할 수밖에 없었다.

그리고 그 속에는 한정훈도 포함되어 있을 터.

한정훈이라는 변수에 맞서기 위해서는 결국 불펜 투수들을 아끼는 수밖에 없었다.

그러기 위해서는 일단 앤드류 힌이 최대한 오래 마운드에서 버텨줘야만 했다.

"걱정 마십시오. 내 자존심을 걸겠습니다."

앤드류 힌도 의욕을 불태웠다.

한정훈과의 맞대결에서 참패한 이후 명예회복의 기회만 노렸던 그에게 한국 시리즈 마지막 경기는 영웅으로 발돋움할 수 있는 최고의 무대나 마찬가지였다.

먼저 마운드에 오른 앤드류 힌은 공 8개 만에 세 타자를 삼자범퇴로 돌려세웠다.

1번 타자 공형빈과 2번 타자 에릭 나, 3번 타자 루데스 마르티네스가 전부 패스트볼에 타이밍을 맞춰봤지만 오늘따라 묵직하게 파고드는 앤드류 힌의 패스트볼을 이겨내지 못했다.

이에 질세라 마크 레이토스도 최고 구속 154㎞/h에 달하는 포심 패스트볼로 타자들을 윽박질렀다.

구속 면에서는 충분히 공략 가능한 빠르기였지만 전날 배용수를 상대한 여파 때문인지 선두 타자 임영기와 2번 타자 박계훈, 3번 타자 헥토르 고메스까지 전부 스윙이 늦고 말았다.

"질 순 없지!"

마크 레이토스에 자극을 받은 앤드류 힌은 2회에 이어 3회 역시 삼자 범퇴로 틀어막으며 투지를 불태웠다.

마크 레이토스도 2회와 3회 1사 이후 주자들을 내보냈지만 야수들의 도움을 받으며 무실점으로 균형을 맞췄다.

전문가들의 예상과는 다르게 팽팽한 투수전 양상으로 진행되던 경기가 흔들린 건 4회 말, 와이번스의 중심 타자들의 방망이가 불을 뿜으면서였다.

컨디션 난조로 변화구보다 패스트볼 위주로 피칭을 하던 마크 레이토스를 상대로 첫 타자 헥토르 고메즈가 2루타를 때려내면서 와이번스 응원석이 들썩거리기 시작했다.

4번 조이 갈로우와 5번 정윤의 큼지막한 외야 타구가 아웃이 되면서 그대로 상황이 종료되나 싶었지만 대타로 들어 선 가을 사나이 박정원이 2루수 옆을 빠지는 적시타를 때려내며 선취점을 만들어 냈다.

뒤이어 안방마님 이재운이 큼지막한 2루타를 때리며 박정원을 홈으로 불러들였다.

스코어 2 대 0.

평소 마운드 위에서는 무표정하기로 유명하던 마크 레이토스의 얼굴이 일그러질 수밖에 없었다.

"재운아아아아!"

"크아아아!"

와이번스 팬들은 저마다 기쁨의 함성을 내질렀다.

아직 경기가 많이 남아 있었지만 다들 우승이라도 한 것처럼 호들갑을 떨어댔다.

"이제 한정훈이 못 나오는 거지?"

"나와도 상관없지! 우리가 이기고 있는데!"

"한정훈이고 자시고 나오라 그래! 시팔!"

"와이번스 사랑한다아아!"

와이번스 팬들은 기세를 몰아 2루 주자 이재운까지 홈으로 들어오길 바랐다.

하지만 마크 레이토스는 8번 타자 김성헌을 땅볼로 유도하고 실점 위기를 끊어냈다.

"괜찮아! 금방 따라갈 거야!"

"아직 안 끝났다고!"

스톰즈 팬들은 서로서로를 독려하며 역전을 기대했다.

하지만 속이 새까맣게 타들어 가는 스톰즈 팬들의 심정도 모른 채 2 대 0의 리드는 생각보다 오래 이어졌다.

"좋아, 좋아!"

선발투수 앤드류 힌이 7회까지 3피안타 무실점으로 스톰즈 타선을 틀어막자 박경원 감독은 계획대로 불펜진을 가동했다.

이미 6회부터 등판 가능한 모든 투수가 불펜에서 몸을 풀고 있었다.

진유수부터 시작해 박인식, 채병영, 박정훈, 윤희성 등 자리가 없어 서로 돌아가며 연습 투구를 해야 할 정도였다.

그중 가장 먼저 박경원 감독의 부름을 받은 건 사이드 암 박정훈이었다.

올 시즌 5선발로 활약하다가 포스트 시즌부터 계투진에 힘을 보탠 박정훈의 공은 까다롭기로 정평이 나 있었다.

반면 스톰즈의 첫 타자 김주현은 공이 지저분한 투수에게 약했다.

게다가 작년 시즌부터 언더핸드형 투수들을 상대로 2할에도 미치지 못하는 타율을 유지하고 있었다.

'정훈이가 주현이만 잡아준다면 한숨 돌릴 수 있어.'

박경원 감독이 주먹을 움켜쥐었다.

한 방 능력을 갖춘 김주현만 잡아낸다면 우승을 향한 9부 능선은 넘은 것이나 다름없었다.

박정훈도 박경원 감독의 기대에 부응하기 위해 철저하게 양 사이드를 노리며 김주현의 방망이를 끌어내려 애썼다.

하지만 김주현은 투 스트라이크 원 볼 상황에서 연속 3개의 유인구를 참아내며 볼넷을 얻어냈다.

그리고 반격을 위한 포문을 열었다.

"하아……."

1루로 담담히 내달리는 김주현을 바라보며 박경원 감독이 나직이 탄식했다.

박정훈은 나무랄 데 없이 잘 던졌다.

그보다는 김주현이 고도의 집중력을 보여줬다고 봐야 했다.

더 솔직히 말하자면 심판 판정이 아쉬웠다.

박정훈의 공의 궤적이 워낙 변화무쌍한 탓에 스트라이크 판정을 받아야 할 공이 2개나 볼 판정을 받고 말았다.

그래서 박경원 감독은 박기완이 타석에 들어섰는데도 박정훈을 바꾸지 않았다.

스톰즈의 주전 포수이긴 하지만 박기완은 아직 신인급 선수였다.

게다가 김주현만큼이나 언더핸드형 투수에 약한 모습을 보였다.

"땅볼로 유도만 해낸다면……."

박경원 감독은 박기완이 박정훈의 공을 잡아당겨 땅볼 타구를 쳐 내 주길 기대했다.

그리고 그 기대대로 박기완은 박정훈의 3구째 슬라이더를 힘껏 잡아당겨 3유간 땅볼을 때려냈다.

하지만 박경원 감독은 웃지 못했다.

3루수나 유격수 정면으로 날아가야 할 3루수와 유격수 사이를 완전히 꿰뚫어버렸기 때문이다.

무사 1, 2루.

스톰즈가 처음으로 득점권 기회를 잡았다.

박경원 감독은 뒤늦게 박정훈을 내리고 진유수를 투입했다.

9번 서건혁부터 시작해 1번 공형빈과 2번 에릭 나, 3번 루데스 마르티네즈에 이르기까지 연속되는 좌타자들을 상대로

위기를 이겨낼 수 있는 투수로 진유수를 꼽은 것이다.

진유수는 초구와 2구 모두 바깥쪽으로 흘러나가는 슬라이더를 던지며 서건혁을 유혹했다.

병살타에 부담을 느끼는 서건혁의 약점을 적극적으로 파고든 것이다.

그러자 로이스터 감독도 곧바로 사인을 냈다.

런 앤 히트.

서건혁이 공을 맞춰내지 못할 경우 루상의 주자들까지 위험해질 수 있는 상황이었지만 로이스터 감독은 승부수를 내던졌다.

그리고 그 승부수가 맞아 떨어졌다.

따악!

3구째 몸 쪽으로 떨어지는 체인지업을 잡아당긴 서건혁의 타구가 공교롭게도 전진 수비 중이던 조이 갈로우의 왼쪽 공간을 꿰뚫어버렸다.

조이 갈로우가 재빨리 몸을 날려 봤지만 글러브 끝에 걸린 타구는 데굴데굴 굴러 익사이팅 존 한가운데에 멈춰서버렸다.

그사이 먼저 스타트를 끊은 김주현과 박기완은 이를 악물고 그라운드를 내달렸다.

뒤늦게 공을 찾은 임영기가 재빨리 홈으로 공을 던졌지만 황소처럼 몸을 던지는 박기완의 슬라이딩을 막아내지 못했다.

"세이프!"

이재운이 제대로 태그하지 못했다는 걸 확인한 구심이 재빨리 양팔을 내벌렸다.

그와 동시에 스톰즈 더그아웃과 응원석에서 비명이 터져 나왔다.

반면 와이번스 팬들은 믿을 수 없다는 눈으로 전광판을 바라봤다.

2 대 2 동점.

거기에 무사 2루의 위기 상황은 계속되고 있었다.

이 상황을 넘기지 못하면…… 그토록 바라던 한국 시리즈 우승도 물거품이 될 것 같았다.

다행히도 박경원 감독은 재빨리 투수를 교체하고 스톰즈의 흐름을 끊었다.

마무리투수 박희선을 8회에 올려 버린 것이다.

"후우……."

무사 2루 역전 위기 속에서 박희선은 침착하게 공을 던져 까다로운 타자들을 범타로 유도했다.

1번 타자 공형빈을 2루 땅볼로 유도한 뒤 2번 타자 에릭 나를 포수 파울 플라이로 잡아냈다.

3번 타자 루데스 마르티네스에게 큼지막한 장타를 허용했지만 발 빠른 임영기가 몸을 날려 타구를 잡아내며 추가 실점을 막아냈다.

이후 양 팀 감독은 가용 가능한 투수를 총동원했다.

6회까지 공을 던진 마크 레이토스를 대신해 마운드에 올랐던 강현승은 7회에 이어 8회까지 삼자범퇴로 틀어막았다.

그러자 박희선도 9회 초를 세 타자로 틀어막았다.

4번 최준부터 시작되는 타선이라 스톰즈 팬들이 목이 쉬어라 응원을 쏟아냈지만 애석하게도 타자들의 방망이는 터지지 않았다.

강현승은 9회 말에도 마운드에 올라 두 타자를 상대했다.

그리고 마지막 한 타자를 남기고 마무리투수 이승민이 올라왔다.

이승민은 155km/h에 달하는 광속구를 내던지며 대타 김민석을 삼진으로 돌려세웠다.

그리고 그동안의 마음고생을 털어내듯 있는 힘껏 포효를 터뜨렸다.

정규 이닝이 끝나고 경기가 연장전에 들어가자 한정훈이 슬그머니 자리에서 일어났다.

그리고 보란 듯이 불펜을 향해 움직였다.

그 모습이 중계 카메라는 물론 관중들과 와이번스 선수들의 눈에 들어왔다.

-한정훈 선수, 불펜으로 향합니다!

―로이스터 감독이 드디어 한정훈 카드를 꺼내 드는 모양인데요?

해설진도 한정훈의 등판에 기대감을 감추지 못했다.

고작 이틀 쉬고 마운드에 오르는 만큼 좋은 컨디션은 아니겠지만 적어도 한정훈이라면 3이닝 정도는 완벽하게 틀어막아 줄 것만 같았다.

반면 와이번스 더그아웃은 초상집 분위기였다.

"하아, 시팔. 한정훈 저 자식은 힘들지도 않나."

"젠장, 설마 10회부터 바로 나오는 건 아니겠지?"

"분명 위기 상황이 오면 나올 거야. 그러니까 장타를 노려야 해!"

"진짜 내가 더럽고 치사해서라도 홈런 때리고 만다!"

타석에 선 와이번스 타자들은 약속이나 한 것처럼 공격적인 스윙을 가져갔다.

한정훈이 마운드에 올라오기 전에 점수를 뽑아낼 수 있는 방법은 담장을 넘겨 버리는 것뿐이었다.

하지만 10회에도 마운드에 올라온 이승민의 패스트볼을 공략하기란 쉽지가 않았다.

11회부터는 테너 제이슨이 마운드에 올랐다.

테너 제이슨은 초반 제구력이 흔들리며 첫 타자를 스트레이트 볼넷으로 내보냈지만 이후 세 타자를 연속 탈삼진으로 돌려세우는 위력투를 선보였다.

이후 테너 제이슨은 13회까지 마운드를 지켰다.

14회는 정희운이 나와 세 타자를 깔끔하게 돌려세웠다.

그사이 박경운 감독도 필승 불펜들을 전부 쏟아부으며 연장전 마지막 이닝인 15회 초까지 스톰즈 타자들을 침묵에 빠뜨렸다.

2 대 2.

동점인 상황에서 15회 말, 와이번스의 한국 시리즈 8차전 마지막 공격이 시작됐다.

"한정훈!"

"한정훈!"

승리를 포기한 스톰즈 팬들은 패배를 막기 위해 한목소리로 한정훈을 연호했다.

─이제는 나와야 합니다!

─네, 나와야죠. 일단은 이번 이닝을 막는 게 먼저입니다. 내일 경기 생각한다고 한정훈 선수 아꼈다가 점수를 내주면 모든 게 끝입니다.

중계진도 한정훈의 등판을 기정사실화했다.

로이스터 감독이 한정훈 카드를 아낀 건 이런 상황을 대비하기 위해서였다고 확신하듯 말했다.

그리고 잠시 후.

서울 야구장의 불펜 문이 열렸다.

열린 불펜 문을 따라 한 명의 선수가 마운드로 뛰어왔다.

카메라맨은 놓치지 않고 선수를 향해 재빨리 줌을 당겼다.

그런데 당연히 한정훈일 것이라 여겼던 선수의 얼굴은 신인 투수 박용화였다.

-지금 제가 잘못 본 걸까요? 박용화 선수의 얼굴이 보였습니다만…….

-하하, 박용화 선수가 맞네요. 팀 내에서 한정훈 선수 닮은꼴로 유명한 투수죠.

-아아, 등번호를 보니 정말 박용화 선수네요.

-이거 로이스터 감독이 벌써부터 내일 경기를 염두에 두는 것 같은데요. 글쎄요. 박용화 선수가 로이스터 감독의 기대에 부응한다면 모르겠지만 만에 하나라도 실점을 하게 된다면…… 두고두고 뒷말이 나올 것 같습니다.

이용헌 해설위원은 로이스터 감독의 판단이 틀렸다고 여겼다.

박용화가 올 시즌 한정훈 닮은꼴로 스톰즈 팬들에게 사랑을 받고 있다곤 하지만 15회 말, 한국 시리즈 우승이 걸린 마지막 이닝에 내보낼 정도의 투수는 결코 아니었다.

한정훈이 아니라 박용화가 마운드에 오르자 와이번스 타자들도 불쾌함을 감추지 못했다.

"하아, 시팔. 장난하는 것도 아니고."

"자신 있으면 한정훈을 불러내라 이거지? 어디 두고 보자!"

선두 타자로 나선 8번 타자 김성헌은 방망이를 짧게 움켜잡았다.

그리고 박용화의 초구를 때려 3유간의 안타를 만들어 냈다.

대타로 들어선 9번 타자 조동하도 2구째 체인지업을 잡아당겨 1, 2루 간을 꿰뚫었다.

무사 1, 2루.

와이번스 팬들이 전부 자리에서 일어났다. 여기서 안타 하나만 나와도 우승이었다.

그 역사적인 순간을 의자에 엉덩이를 붙인 채로 맞이할 수는 없는 노릇이었다.

하지만 잠시 와이번스를 향하는 것처럼 보였던 승리의 여신은 언제 그랬냐는 것처럼 등을 돌려 버렸다.

따악!

하얗게 질린 박용화의 초구가 한가운데로 들어오자 임영기가 기다렸다는 듯이 방망이를 휘둘렀다.

그런데 애석하게도 타이밍이 너무 빨랐다.

경기를 끝내야겠다는 욕심에 끝까지 공을 끌어당기지 못한 것이다.

그 과정에서 1루수 옆을 꿰뚫어야 할 타구가 1루수 직선타로 바뀌었다.

거의 제자리에서 손을 뻗어 타구를 움켜잡은 황철민은 1루로 귀루하려는 조동하의 팔을 태그했다.

그리고 재빨리 2루를 향해 공을 내던졌다.

퍼엉!

공과 2루 주자 김성헌의 손끝이 동시에 2루 베이스에 도착했다.

"세, 세이프!"

잠시 고심하던 2루심은 양팔을 들어 올렸다.

거의 동시 타이밍이었지만 필사적으로 몸을 날린 김성헌이 먼저 2루 베이스를 훑었다고 판단한 것이다.

그러자 로이스터 감독이 곧바로 더그아웃을 뛰쳐나왔다.

그리고 비디오 판독을 요청했다.

-로이스터 감독! 비디오 판독을 요청하는 모양인데요?

-네, 해야죠. 당연히 해야 합니다. 설사 심판 판정이 맞다 하더라도 저건 해야 하는 상황입니다.

-판정이 뒤집히면 좋겠지만 설사 유지가 된다 하더라도 손해 볼 건 없다는 말씀이시죠?

-그렇죠. 이 상태에서 애매하게 넘어가면 박용화 선수는 물론이고 수비하는 선수들도 흥분을 가라앉히기 어려울 겁니다. 그러느니 깔끔하게 아웃이라는 걸 재확인할 필요가 있습니다. 박용화 선수도 그사이 숨 좀 돌릴 수 있을 테고요.

이용헌 해설위원은 아웃을 전제로 비디오 판독 요청의 당위성을 설명했다.

하지만 정작 슬로비디오를 통해 본 상황은 예상과 완전히 달랐다.

3루 쪽에서 잡은 슬로비디오가 나왔을 때만 해도 심판 판정은 정확해 보였다.

그런데 1루 쪽 슬로비디오가 리플레이되자 상황이 달라졌다.

미묘하게 황철민의 송구가 더 빠른 듯한 느낌이 든 것이다.

이 상황을 깔끔하게 해결해 준 게 바로 외야 쪽 중계 카메라가 찍은 영상이었다.

놀랍게도 황철민의 송구가 김성헌의 귀루보다 확실히 빨리 2루에 도착해 있었다.

-이 각도에서 보면 포구가 조금 더 빨리 이루어진 느낌인데요?

-허, 이거 로이스터 감독이 제대로 일을 낼 분위기입니다. 정확한 건 판독 결과를 기다려야 하겠지만 만약 로이스터 감독이 비디오 판독을 요청하지 않았다면 어땠을까요?

-아마 두고두고 그 선택을 후회하고 있었을 것 같은데요.

-한정훈 선수 대신 박용화 선수를 등판시킬 때부터 느꼈습니다만 정말 대단한 감독입니다.

이용헌 해설위원은 혀를 내둘렀다.

아직 심판 판독 센터의 결과가 나오지 않은 상황이지만 눈에 보이는 영상대로라면 로이스터 감독의 선택이 신의 한 수가 될 것 같았다.

그리고 잠시 후.

"아웃!"

그라운드로 돌아온 구심이 아웃을 선언했다.

그렇게 한국 시리즈 8차전은 2 대 2, 무승부로 끝이 났다.

"하아, 망했다."

"젠장할."

와이번스 팬들은 하나같이 망연자실한 모습이었다.

안타 하나면 경기를 끝낼 수 있는 상황에서 하필 삼중살이라니.

두 눈으로 지켜보고도 믿어지지가 않았다.

반면 스톰즈 팬들은 흥분을 감추지 못했다.

15회 무사 1, 2루 위기를 넘긴 것도 기뻤지만 에이스 한정훈을 끝까지 아꼈다는 게 더 신이 났다.

"이렇게 되면 내일 한정훈이 나오는 건가?"

"진짜 내일 정훈이가 선발로 올라오기만 한다면……!"

스톰즈 팬들은 하나같이 한정훈이 선발로 나오길 바랐다.

반대로 와이번스 팬들은 한정훈이 선발로만 나오지 않기를 기도했다.

그로부터 한 시간 뒤.

[로이스터 감독! 한정훈 선발 예고!]

[한정훈! 사흘 쉬고 9차전 선발 등판!]

각종 언론을 통해 한정훈의 선발 등판 소식이 알려졌다.

"로이스터 감독 입장에서는 당연한 선택이겠죠."

"맞습니다. 경기를 내줄 수도 있는 상황에서 한정훈을 아꼈다는 건 결국 9차전 선발로 염두에 뒀다는 이야기니까요."

전문가들은 당연한 선택이라며 입을 맞췄다.

마크 레이토스부터 시작해 테너 제이슨, 강현승, 배용수까지 등판시킨 상황에서 9차전 선발로 내세울 수 있는 건 한정훈과 브렛 라이더뿐이었다.

그리고 둘 중에 로이스터 감독이 내세울 수 투수는 당연히 한정훈일 수밖에 없었다.

그리고 한정훈이 스톰즈의 선발로 등판하는 상황에서 우승 전망은 무의미해진 것이나 다름없었다.

"휴식 기간이 짧은 게 변수가 될 수는 있겠지만 왠지 한정훈 선수라면 팬들의 기대를 실망시킬 것 같지 않습니다."

"제 생각도 같습니다. 지금까지 휴식일을 지켜가며 등판을 한 만큼 체력적으로 문제가 생길 가능성도 낮아 보입니다."

1차전 등판 이후 한정훈은 3차전과 6차전 모두 나흘 간격으로 마운드에 올랐다.

게다가 6차전에서는 8이닝을 소화하면서도 투구 수가 71개에 불과했다.

초반 벌어진 점수 차이를 만회하기 위해 와이번스 타자들이 적극적으로 방망이를 휘둘러 준 덕분이었다.

"전 경기 투구 수와 한정훈 선수가 한창때인 걸 감안했을 때 사흘만 쉬어도 충분할 것 같습니다."

"1회를 지켜보면 알겠지만 큰 경기에 강한 스타일인 만큼 평소보다 구속이 더 나왔으면 더 나왔지 덜 나오지는 않을 거라 생각됩니다."

모든 전문가가 한목소리로 한정훈의 호투를 예상했다.

물론 전문가답게 이런저런 변수를 들먹이며 한정훈도 쉽지 않을 거라는 전망을 늘어놓고 싶은 마음이 없지는 않았다.

하지만 지금까지 한정훈이 보여준 투구를 놓고 보자면 차마 말을 꺼낼 용기가 나지 않았다.

앞선 세 차례 등판에서 한정훈은 스톰즈가 얻어낸 3승을 홀로 따냈다.

그것도 24이닝을 책임지면서 단 한 점도 내주지 않는 완벽투를 이어갔다.

이런 한정훈이 한국 시리즈 우승이 걸린 마지막 경기에서 극심한 타격 침체를 보이는 와이번스 타자들을 상대로 대량 실점을 하며 무너질 확률은 0에 가까울 수밖에 없었다.

ㄴ와 진짜 해도 너무하네. 와이번스가 이길 것이라고 예상하는 인간이 어떻게 한 명도 없냐?

ㄴ한정훈이 괴물이긴 하지만 솔직히 모르는 거잖아. 안 그래?

방송을 지켜본 와이번스 팬들은 설움을 감추지 못했다.

다 잡은 경기를 삼중살로 날려 버린 것도 억울해 죽겠는데 전문가들마저 스톰즈의 우승을 점치니 울화통이 치밀 수밖에 없었다.

게다가 9차전 선발로 예정된 투수는 다니엘 노스였다.

5차전 이후 나흘을 푹 쉬고 올라오는 다니엘 노스라면 한정훈을 상대로 쉽게 밀릴 것 같지 않았다.

하지만 야구팬들의 반응은 냉담했다.

┗와이번스는 못 이겨. 포기하면 편하다니까?
┗그래. 한정훈을 상대로 이긴다고? 차라리 무승부를 하겠다 그래라. 그게 더 현실성 있으니까.
┗이거 이러다 처음으로 10차전까지 가는 거 아냐?

지금까지 치러진 36번의 한국 시리즈 중 무승부 경기가 나온 건 이번 시리즈를 포함해 총 7번.

그중 가장 많은 무승부 경기가 나왔던 시리즈는 2004년 유니콘즈와 라이온즈가 맞붙은 한국 시리즈였다.

당시 유니콘즈는 4승 3무 2패로 라이온즈를 따돌리고 한국 시리즈 우승을 차지했다.

그때 이후 한국 시리즈가 9차전까지 치러지는 건 이번 시리즈가 처음이었다.

만약 정말로 9차전까지 무승부로 끝이 난다면 KBO 역사상 처음으로 한국 시리즈 10차전이 열리게 될 것이다.

그렇게만 된다면 한정훈이라는 에이스 카드를 소진한 스톰즈보다 최악의 위기를 넘긴 와이번스 쪽이 더 기세를 타게 될지도 몰랐다.

그러나 대부분의 야구팬은 그럴 일은 일어나지 않을 것이라고 단정해 버렸다.

더 서러운 건 야구팬들의 관심사가 달라졌다는 것이다.

└어차피 우승은 스톰즈고. 한정훈 이야기나 하자. 한정훈이 9차전도 승리 챙겨가면 한국 시리즈 최초 선발 4연승인데 가능하겠냐?

└솔까 못할 건 없는데 타자들이 병신이라.

└222

└333

└왠지 한정훈 내려오면 최준이나 작 피터슨이 솔로포 한 방 때려서 스톰즈가 승리할 것 같은 기분이 든다.

└난 한정훈이 대기록 쓸 거 같은데?

└나도 나도. 한정훈이 워낙에 많은 기록을 갈아치워서 기록 못 세우면 좀 이상할 것 같다.

기적처럼 한정훈의 4번째 한국 시리즈 선발 등판이 결정되면서 야구팬들은 모였다 하면 한정훈이 무쇠팔 최동훈의 대기록을 갈아치울 수 있을지에 대해 싸워댔다.

단순히 실력만 놓고 봤을 때 한정훈이 한국 시리즈 4연속 선발승을 거둘 가능성은 다분해 보였다.

그 점에 대해서는 감히 그 누구도 이견을 제시하지 못했다.

다만 문제는 타자들이었다.

투수가 아무리 호투를 해도 타자들이 점수를 내주지 못한다면 투수는 승리를 챙길 수가 없었다.

스톰즈의 변비 타선의 성향상 경기 초반부터 시원하게 안타를 때려낼 가능성은 낮아 보였다.

게다가 와이번스 선발은 다니엘 노스였다.

나흘을 푹 쉬고 등판한 다니엘 노스라면 7이닝 정도는 수월하게 스톰즈 타자들을 막아내 줄 것 같았다.

그런 야구팬들의 예상은 정확하게 맞아떨어졌다.

"스트라이크 아웃!"

한정훈은 1회 초부터 158㎞/h의 강력한 포심 패스트볼을 뿌려대며 와이번스 타자들을 압도했다.

혹시나 하고 기대를 했던 와이번스 타자들은 한정훈의 공을 제대로 건드리지도 못했다.

와이번스 타자들이 7회까지 때려낸 안타는 단 하나.

그 대가로 삼진은 무려 12개나 당했다.

와이번스 선발 다니엘 노스도 이를 악물고 공을 던졌다.

한정훈과의 맞대결이라는 부담감 때문에 경기 초반 2개의 사사구를 연속으로 내주기도 했지만 3번 타자 루데스 마르티네스를 병살타로 처리한 이후 12타자 연속 타자 범타를 유도하는 등 7회까지 3피안타 3사사구 무실점으로 마운드를 지켰다.

8회 초.

"스트라이크, 아웃!"

"스트라이크, 아웃!"

"스트라이크, 아웃!"

무표정한 얼굴로 마운드에 오른 한정훈이 5번 타자 조이 갈로우와 6번 타자 최승진, 7번 타자 이재운을 연속 삼진으로 돌려세우자 박경원 감독의 표정이 굳어졌다.

7회까지 투구 수만 77구.

사흘 휴식인 걸 감안했을 때 슬슬 체력이 떨어질 거라 예상했는데 오히려 구속과 구위를 끌어올리고 있었다.

'설마 9회까지 나오려는 건가?'

고심하던 박경원 감독은 다니엘 노스를 다시 마운드에 올렸다.

다니엘 노스의 투구 수가 107구에 달한 상태였지만 한정훈이 버티는 상황에서 다니엘 노스를 먼저 강판시킬 수는 없는 노릇이었다.

"후우……."

마지못해 마운드에 오른 다니엘 노스가 길게 숨을 골랐다.

타석에는 1번 타자 공형빈이 방망이를 짧게 움켜쥔 채 독한 표정을 짓고 있었다.

-공형빈 선수, 안타 없이 네 번째 타석에 들어섰습니다.

-다니엘 노스 선수, 조심해야죠. 확률상으로는 안타가 나올 타이밍입니다.

중계진이 이번 8회가 승부처가 될 수 있다며 분위기를 조장했다.

그러자 중계 화면으로 투구 수 별 다니엘 노스의 피안타율이 떠올랐다.

–다니엘 노스 선수, 100구 이후 피안타율이 4할에 가까운데요?

–네, 그래서 박경원 감독도 보통 100구 전후에서 교체를 해주곤 했죠.

–그런데 8회에 다니엘 노스 선수를 마운드에 올린 이유는 무엇일까요?

–아무래도 한정훈 선수를 의식하지 않을 수가 없었겠죠. 지금 페이스대로라면 한정훈 선수는 최소 9회까지 마운드에 오를 가능성이 높으니까요.

–이대로 점수가 나지 않을 경우 연장전에도 나올 가능성이 있다는 말씀이신가요?

–8회에도 한정훈 선수의 포심 패스트볼은 159㎞/h가 나왔거든요. 세 타자를 연속 삼진으로 돌려세울 때를 보면 타자들의 스윙이 전부 늦었고요. 0 대 0 상황이 이어진다고 가정했을 때 10회, 혹은 11회까지도 한정훈 선수가 마운드에 오를 가능성도 충분하다고 봅니다.

–결국 기싸움에서 밀리지 않기 위해 다니엘 노스 선수를

8회에도 올렸다는 말씀 같은데요.

　-박경원 감독은 다니엘 노스 선수가 나흘을 쉰 만큼 한 이닝 정도는 더 막아줄 수 있을 것이라 기대한 것 같습니다. 하지만 글쎄요. 타순상 불펜을 투입하는 편이 낫지 않았을까 하는 생각을 해봅니다.

　팽팽한 투수전 양상에 7회까지 침묵을 지켰던 강선우 해설위원이 오랜만에 열변을 토해냈다.

　그 소리를 듣기라도 한 것처럼 다니엘 노스가 3구째 던진 포심 패스트볼이 한가운데로 몰려 버렸다.

　'왔다!'

　다니엘 노스의 실투를 기다리고 있던 공형빈은 지체하지 않고 방망이를 내돌렸다.

　따악!

　시원시원한 타격음과 함께 타구가 3유간을 꿰뚫고 지났다.

　3루수 박계훈이 몸을 날려봤지만 총알 같은 타구를 잡아내지 못했다.

　-안타! 안타입니다! 공형빈 선수, 다니엘 노스 선수의 포심 패스트볼을 밀어 쳐 안타를 만들어 냅니다.

　-공이 가운데로 말려 들어갔죠? 공형빈 선수가 경기 시작

전에 밀어 치는 연습을 열심히 했는데 이번 타석을 위해서였던 것 같습니다.

－공형빈 선수의 도루 능력을 감안한다면 와이번스 배터리가 신경을 써야 할 것 같은데요.

강성재 캐스터가 들뜬 목소리로 말했다.

긴장감이 넘치다 못해 숨이 막힐 것 같은 이 상황에서 공형빈이 단독 도루로 2루를 훔친다면!

그 자체만으로도 오늘 경기 최고의 하이라이트가 될 것 같았다.

하지만 강선우는 이런 상황에서 신인인 공형빈이 무조건 뛰지는 못할 것이라고 판단했다.

－그 반대의 경우도 생각해 볼 수 있겠습니다.

－반대의 경우라니요?

－공형빈 선수, 50도루를 아깝게 놓칠 만큼 도루 센스가 발군인 선수지만 성공률은 71퍼센트 정도에 그쳤거든요. 특히나 후반기에 들어서 성공률이 60퍼센트까지 내려갔습니다.

－체력적인 문제인 건가요?

－그보다는 공형빈 선수의 도루 타이밍이나 버릇이 간파됐다고 보는 게 옳겠죠. 그리고 와이번스는 그런 약점을 가

장 잘 파고드는 팀이잖아요?

–게다가 이재운 선수의 도루 저지율도 35퍼센트로 높은 편이고요.

–네, 와이번스 배터리 머릿속이 복잡한 것만큼이나 스톰즈 벤치 머릿속도 복잡할 거라고 생각합니다.

강선우 해설위원의 예상대로 로이스터 감독은 코치들을 불러 모아 의견을 나눴다.

그리고 직접 자리에서 일어나 사인을 냈다.

–로이스터 감독, 도루를 지시하는 걸까요?

–글쎄요. 번트일 수도 있습니다.

–어쨌든 와이번스 배터리가 헷갈리겠는데요.

–다니엘 노스 선수는 다른 것 신경 쓰지 말고 이재운 선수의 사인대로 공을 던져야 합니다.

강선우 해설위원은 섣부른 예측을 삼갔다.

단독 도루, 번트, 히트 앤드 런, 혹은 강공.

어떤 작전이 나온다 하더라도 이상할 게 없는 상황이었다.

그래서 포수 이재운도 사인을 쉽게 내지 못했다.

조언을 구하고자 와이번스 더그아웃을 힐끔 바라봤지만 역대 최고의 포수로 평가받던 박경원 감독조차 쉽게 답을 내려주지 못했다.

'일단 단독 도루는 아닐 거야. 작전 아니면 번트겠지. 어느 쪽이든 어렵게 승부하자.'

한참 만에 생각을 정리한 이재운이 바깥쪽으로 휘어져 나가는 슬라이더를 주문했다.

각이 크고 예리한 다니엘 노스의 슬라이더라면 2번 타자에릭 나도 쉽게 방망이를 내밀지 못할 것이라 여겼다.

사인을 확인한 다니엘 노스도 가볍게 고개를 끄덕거렸다.

그리고 눈으로 공형빈을 묶은 뒤 있는 힘껏 공을 내던졌다.

그런데 그 순간.

타다다닷!

1루에 붙어 있다시피 했던 공형빈이 2루를 향해 미친 듯이 내달리기 시작했다.

'젠장할!'

당황한 이재운이 엉덩이를 들어 올렸다.

공형빈의 리드 폭을 감안했을 때 포구와 동시에 2루로 공을 던진다면 잡아낼 가능성이 있다고 여겼다.

하지만 에릭 나는 공형빈이 죽도록 내버려 둘 마음이 없었다.

따악!

에릭 나가 쭉 하고 내민 방망이 끝으로 공이 걸렸다.

이재운의 미트가 코앞에서 입을 벌리고 있었지만 애석하게도 공은 지면을 때리고 투수 오른쪽으로 흘러갔다.

"3루수!"

이재운이 마스크를 벗어 던지며 소리쳤다.

그러자 3루수 박계훈이 맨손으로 굴러온 타구를 잡은 뒤 1루를 향해 내던졌다.

퍼엉!

조금만 삐끗해도 악송구가 나올 수 있는 상황이었지만 다행히도 송구는 정확하게 1루수 조이 갈로우의 글러브 속으로 들어갔다.

"아웃!"

간발의 차이로 1루를 밟은 에릭 나가 아쉬움에 숨을 헐떡거렸다.

하지만 스톰즈 선수들과 팬들은 박수를 아끼지 않았다.

중요한 순간 감독의 작전을 제대로 이행해 준 에릭 나가 아니었다면 중심 타선 앞에서 공형빈이 2루를 밟고 있지 못했을 것이다.

-원 아웃 주자 2루인 상황에서 3번 타자 루데스 마르티네스 선수가 타석에 들어옵니다.

-네, 지금부터가 진짜 승부죠. 루데스 마르티네스 선수를 거른다 해도 다음은 최준 선수입니다. 그다음은 작 피터슨

선수고요.

　-와이번스 더그아웃에서도 투수 교체를 고민해 볼 필요가 있을 것 같은데요.

　-솔직히 지금 이 상황을 막겠다고 한다면 투수 교체를 하는 게 옳습니다. 하지만 오늘 경기를 이기겠다고 한다면 다니엘 노스 선수가 위기를 극복하길 믿고 기다리는 수밖에 없을 것 같습니다.

　김원영 투수 코치가 박경원 감독 옆에 붙어 있었지만 투수 교체 사인은 나오지 않았다.

　다니엘 노스가 루데스 마르티네즈에게 강하다는 점과 불펜 자원을 최대한 아껴야 한다는 현실이 박경원 감독을 주저하게 만들었다.

　다행히도 다니엘 노스는 2구째 체인지업을 던져 루데스 마르티네즈를 외야 플라이로 유도했다.

　2루 주자 공형빈이 태그 업 자세를 취했지만 3루로 뛰진 못했다.

　그렇게 1사 2루의 기회가 2사 2루로 바뀌었다.

　-다니엘 노스 선수, 한 고비 넘깁니다.

　-이제 최준 선수 타석인데요. 박경원 감독이 데이터를 보고 있다면 고민이 될 것 같습니다.

－최준 선수가 올 시즌 2사 이후 득점권 찬스에 무척 강했
는데요.

－하지만 포스트 시즌 포함 다니엘 노스 선수에게 약한 모
습을 보여줬죠. 오늘도 3타수 무안타로 부진했고요.

상대 전적만 놓고 보자면 다니엘 노스를 밀고 가는 게 옳
았다.

하지만 다니엘 노스의 투구 수가 110구를 넘어섰다는 게
문제였다.

더욱이 최준은 2사 이후 득점권 상황에 강했다.

득점권 타율이 4할(서부 리그 1위), 얻어낸 타점은 47타점(서부
리그 2위)에 달했다.

그렇다고 최준을 거르기도 어려웠다.

최준의 뒤로 오늘 2안타 1사사구로 100퍼센트 출루에 성
공하고 있는 작 피터슨이 기다리고 있기 때문이다.

"그냥 밀고 갑시다."

고심 끝에 박경원 감독은 한 번 더 투수 교체를 미뤘다.

다니엘 노스가 최준까지 잡아내고 이번 이닝을 막아준다
면 설사 경기가 15회까지 진행되더라도 어떻게든 답이 나올
것 같았다.

하지만 지칠 대로 지친 다니엘 노스에게는 최준을 막아낼
만한 힘이 없었다.

따악!

다니엘 노스가 초구의 초구 패스트볼이 몸 쪽 높게 들어오자 최준은 기다렸다는 듯이 방망이를 휘둘렀다.

그리고 타구는 3루수 옆을 스쳐 지나 페어 라인을 타고 굴러 나갔다.

발 빠른 공형빈은 서두르지 않고 여유롭게 홈을 밟았다.

좌익수 정윤이 곧장 공을 던져 2루에서 최준을 잡아냈지만 스톰즈의 선취 득점은 막아내지 못했다.

1 대 0.

"크아아!"

여유를 부리다 2루에서 죽었음에도 최준은 홈런을 때려낸 것처럼 좋아했다.

스톰즈 선수들도 하나가 되어 환호했다.

그리고 잠시 후, 길고 길었던 한국 시리즈를 끝내기 위해 한정훈이 천천히 마운드 위에 올랐다.

─로이스터 감독의 선택은 9회에도 한정훈 선수입니다.

─제가 로이스터 감독이라 하더라도 한정훈 선수를 올렸을 것 같습니다.

─8회까지 투구 수 87구. 이닝당 11구꼴인데요.

─솔직히 이 상황에서 투구 수는 큰 의미가 없을 것 같습니다. 이번 이닝만 막아내면 우승이니까요.

스톰즈 팬들의 열광적인 응원 속에 한정훈은 천천히 로진 백을 두드렸다.

사흘만의 등판이라서인지 어깨가 조금 뻐근하긴 했지만 로진 가루를 길게 불어내며 털어버렸다.

우승까지 남은 아웃 카운트는 고작 세 개.

이런 상황에서 마운드에 오른 투수가 할 일은 한 가지뿐이 었다.

전력을 다해 타자들을 잡아내는 것.

그런 한정훈의 의지가 전해진 듯 박기완이 곧바로 패스트 볼을 요구했다.

한정훈은 가볍게 고개를 끄덕거렸다. 그리고 힘껏 공을 내 던졌다.

퍼엉!

쏜살같이 날아든 공이 바깥쪽 꽉 찬 코스를 파고들었다.

"스트라이크!"

8번 타자 김성헌이 고개를 흔들어 댔지만 구심의 판정은 달라지지 않았다.

─원 스트라이크. 김성헌 선수는 멀지 않았느냐는 표정인 데요.

-오늘 구심은 일관되게 바깥쪽에 후했으니 스트라이크가 맞습니다. 저건 한정훈 선수가 영리한 거죠.

강선우 해설위원의 칭찬을 듣기라도 한 것처럼 한정훈은 2구째도 바깥쪽 포심 패스트볼을 던져 김성헌의 스윙을 이끌어 냈다.

코스상 초구보다 공 반 개 정도 빠졌지만 수세에 몰린 김성헌의 눈에는 스트라이크로 보일 수밖에 없었다.

볼카운트 투 스트라이크 노 볼.

다른 투수라면 유인구 하나 정도 던질 상황이었지만 한정훈은 곧바로 승부에 들어갔다.

구종은 투심 패스트볼.

코스는 역시나 바깥쪽.

후아앗!

한정훈이 힘껏 내던진 공이 요란한 궤적을 그리며 바깥쪽 스트라이크존을 훑고 지났다.

바깥쪽 코스가 들어올 것이라 예상하고 있던 김성헌이 감히 방망이를 내밀 엄두조차 내지 못할 만큼 멀고 빠른 공이었다.

"스트라이크, 아웃!"

잠시 망설이던 구심이 팔을 들어 올렸다.

스트라이크와 볼의 경계 선상에서 움직였지만 마지막 순

간에 스트라이크존으로 꺾여 들어왔으니 스트라이크 판정을 내린 것이다.

물론 박경원 감독은 구심의 판정에 동의할 수 없다며 더그아웃을 박차고 나왔다.

덕분에 경기는 무려 10분 가까이 중단되고 말았다.

하지만 한정훈은 흔들리지 않았다.

오히려 보란 듯이 9번 타자 김광민을 땅볼로 돌려세운 뒤 마지막 타자 임영기를 상대로 4구째 스플리터를 던져 헛스윙을 이끌어 냈다.

퍼엉!

95구째 던진 공이 임영기의 방망이를 지나 그대로 박기완의 미트 속으로 빨려 들어갔다.

"스트라이크, 아웃!"

구심이 기다렸다는 듯이 삼진 콜을 외쳤다.

그 순간.

"와아아아아!"

"정훈아아아!"

스톰즈 선수들이 더그아웃을 박차고 나와 한정훈을 향해 달려들었다.

2019년 한국 시리즈.

우승팀은 안양 스톰즈였다.

3

2019년 한국 시리즈 결과

1차전 안양 스톰즈 파크
(1패)인천 와이번스 0 : 1 안양 스톰즈(1승)
승리 한정훈 / 패배 박인식 / MVP 한정훈

2차전 안양 스톰즈 파크
(1패)인천 와이번스 0 : 0 안양 스톰즈(1승)
선발 다니엘 노스 / 선발 마크 레이토스 / 4회 우천 취소

2차전 안양 스톰즈 파크(재경기)
(1승 1패)인천 와이번스 6 : 1 안양 스톰즈(1승 1패)
승리 앤드류 힌 / 패배 테너 제이슨 / MVP 앤드류 힌

3차전 인천 야구장
(2승 1패)안양 스톰즈 5 : 1 인천 와이번스(1승 2패)
승리 한정훈 / 패배 정영인 / MVP 한정훈

4차전 인천 야구장
(2승 1무 1패)안양 스톰즈 2 : 2 인천 와이번스(1승 1무 2패)

선발 마크 레이토스 / 선발 김강현 / 연장 15회

5차전 서울 야구장(스톰즈 홈 ‒〉 와이번스 홈)
(2승 1무 2패)안양 스톰즈 0 : 2 인천 와이번스(2승 1무 2패)
승리 다니엘 노스 / 세이브 박희선 / 패배 정희운 / MVP 다니엘 노스

6차전 서울 야구장(와이번스 홈 ‒〉 스톰즈 홈)
(2승 1무 3패)인천 와이번스 0 : 4 안양 스톰즈(3승 1무 2패)
승리 한정훈 / 패배 앤드류 힌 / MVP 한정훈

7차전 서울 야구장(스톰즈 홈)
(3승 1무 3패)인천 와이번스 2 : 0 안양 스톰즈(3승 1무 3패)
승리 김강현 / 세이브 박희선 / 패배 브렛 라이더

8차전 서울 야구장(와이번스 홈)
(3승 2무 3패)안양 스톰즈 2 : 2 인천 와이번스(3승 2무 3패)
선발 마크 레이토스 / 선발 앤드류 힌 / 연장 15회

9차전 서울 야구장(스톰즈 홈)
(3승 2무 4패)인천 와이번스 0 : 1 안양 스톰즈(4승 2무 3패)
승리 한정훈 / 패배 다니엘 노스 / MVP 한정훈

역대 가장 긴 일정을 소화했던 2019년 한국 시리즈의 우승 컵은 스톰즈의 차지가 되었다.

한국 시리즈 MVP는 만장일치로 한정훈이 결정됐다.

홀로 팀의 4승을 책임지며 결코 깨지지 않을 것이라던 무쇠팔 최동훈의 기록과 어깨를 나란히 했으니 당연한 결과였다.

창단 2년 만에 우승을 차지하자 스톰즈 구단에서는 어마어마한 포상금을 풀었다.

우승 배당금에 우승 보험료, 거기에 구단 보너스까지 무려 100억에 달했다.

농서 양대 리그제로 운영되면서 포스트시즌 배당금 방식도 바뀌었다.

서부 리그에 속한 스톰즈는 일단 서부 리그 포스트시즌 배당금으로 12억 5천여만 원을 챙겼다.

총 7경기(플레이오프 4경기, 챔피언십 시리즈 3경기)를 통해 38억여 원의 입장 수입이 발생했는데 운영비 40퍼센트를 제외한 60퍼센트 중 정규 시즌 우승 상금으로 20퍼센트(4억 5천여만 원)를 선배당 받고 다시 잔여 입장 수입(정규 시즌 우승팀 20%, 2위 팀 10% 선배당 후 잔여 금액)에서 리그 우승 배당금으로 50퍼센트(8억여 원)를 추가 배당받은 결과였다.

거기에 9차전까지 치러진 한국 시리즈 덕분에 한국 시리즈 배당금도 두둑이 받을 수 있었다.

한국 시리즈 총 입장 수입은 58억여 원.

그중 운영비 40퍼센트를 제외한 금액 중 75퍼센트가 우승 팀의 몫이었다. (26억여 원)

포스트시즌 배당 금액만 무려 38억여 원.

여기에 정한그룹에서 보너스를 포함해 70억을 채우겠다고 발표하자 스톰즈 선수들은 웃음을 참기 어려웠다.

하지만 정작 대박이 터진 건 따로 있었다.

바로 우승 보험.

전년도에 서부 리그 2위에 오르며 우승 가능성이 생기자 스톰즈 구단은 과감하게 우승 보험을 들어 놓았다.

보험료는 6억.

보험사에서 책정한 우승 시 배당은 5배였다.

우승을 하면 5배의 배당을 받지만 우승을 하지 못할 경우 6억이라는 보험료를 고스란히 날려야 하는 상황이었다.

물론 구단도 정말로 우승을 위해 보험을 들었던 것은 아니었다.

외부 홍보 목적이 더 컸다.

그런데 스톰즈가 정말로 우승을 차지하면서 역대 최고 금액의 우승 보험료를 챙길 수 있게 됐다.

자그마치 30억 원.

선수들과 코칭스태프, 프런트 직원들에게 고가의 신형 자동차를 선물해 주고도 남을 금액이었다.

"크으! 눈물 난다. 눈물 나!"

"연말에 통장이 이렇게 두둑해지긴 처음이야!"

보너스를 입금받은 선수들은 하나같이 눈시울을 글썽거렸다.

한정훈과 최준, 그리고 용병 선수들을 제외하고 스톰즈 선수들의 통장 사정은 썩 넉넉지 않았다.

대부분이 신인 선수와 방출 선수로 구성된 탓에 연봉 1억을 넘는 선수는 손에 꼽힐 정도였다.

그런데 연봉을 뛰어 넘는 보너스가 들어왔으니 감정이 복받치는 것도 무리는 아니었다.

거기에 더해 연봉 인상도 기대가 되는 상황이었다.

물론 어느 정도 성적을 냈다는 전제가 필요했지만 우승 프리미엄을 감안했을 때 연봉 동결이나 감액의 칼바람은 피할 수 있을 것 같았다.

"정훈이는 올해 연봉을 얼마나 받을까?"

"왜? 정훈이가 우리보다 연봉 많이 받는 게 억울해서 그래?"

"억울하긴! 어떤 미친놈이 그딴 소릴 해?"

"그럼?"

"많이 받아야지. 정훈이가 정말 인정사정없이 많이 받아 줘야 우리도 한번 들이밀어 볼 거 아냐. 안 그래?"

우승 보너스 훈풍이 잠잠해지자 스톰즈 선수들은 모였다

하면 한정훈의 연봉 이야기를 꺼냈다.

우승의 1등 공신인 한정훈의 연봉 인상률에 따라 자신들의 연봉 인상폭을 가늠해 볼 수 있기 때문이었다.

덕분에 박현수 단장과 김일도 사장은 우승의 기쁨을 누릴 새도 없이 골머리를 썩어야 했다.

"그냥 100퍼센트 인상하자. 그 정도면 충분하잖아."

김일도 사장은 한정훈이 고액 연봉자인 만큼 두 배 올려주는 것으로 끝내자고 말했다.

전년도 연봉이 2억 7천만 원이었던 만큼 2배를 줘도 5억 4천만 원이었다.

실력을 떠나 3년 차 선수에게는 충분히 과분한 금액이었다.

전례를 따져 봐도 한정훈보다 많은 연봉을 받은 3년 차 선수는 없었다.

현재 3년차 최고 연봉은 2008년 류현신이 세운 1억 8천만 원(인상률 80퍼센트).

다이노스 나성검이 2015년에 2억 2천만 원(193퍼센트)으로 3년 차 연봉을 갱신하긴 했지만 창단 첫해 2군에서 1년간 뛰었던 게 적용이 되면서 공식 3년 차 기록으로는 인정받지 못하고 있었다.

김일도 사장은 류현신의 예를 적용해 100퍼센트 인상이면 충분하다고 생각했다.

하지만 박현수 단장은 단호하게 고개를 흔들었다.

"전 팬들한테 돌팔매질 받고 싶은 생각 없습니다."

3,000만 원에서 시작했던 한정훈의 연봉은 23승을 거둔 2년 차 때 2억 7천만 원으로 증가했다.

인상률 800퍼센트.

언론에서는 과하다는 말이 많았지만 정작 박현수 단장은 그 이상을 주지 못한 게 미안하기만 했다.

당시 한정훈은 인상 요인이 차고 넘쳤다.

팀 내 고과는 압도적인 1위.

거기에 다승, 평균 자책점, 탈삼진, 승률까지 투수 4관왕에 올랐으며 MVP와 신인왕, 선발투수 부분 골든 글러브까지 수상했다.

각 요인마다 100퍼센트씩 인상만 해도 800퍼센트였다.

거기에 각종 시상식에서 상이란 상은 싹쓸이를 해버렸으니 800퍼센트라는 비율이 결코 과하게 느껴지지가 않았다.

어디 그뿐인가.

스톰즈 구단 역사상 최초 승리도 한정훈이고 최초 완봉도 한정훈이고 최초 완투도 한정훈이다.

거기에 연속 타자 탈삼진 신기록과 한경기 최다 탈삼진 신기록 및 각종 최연소 관련 신기록까지 전부 갈아치웠다.

그리고 KBO 기록란에 오른 한정훈이라는 이름 옆으로 스톰즈라는 소속팀 이름이 평생 따라다니게 됐다.

이 정도 이슈를 만들어냈으면 예뻐서라도 한두 푼 더 챙겨 주고 싶은 게 인지상정일 수밖에 없었다.

그러나 한정훈이 800퍼센트의 연봉 인상률을 기록한 건 상을 많이 받아서도, 기록을 많이 세워서도 아니다.

평가 기준은 오로지 실력이었다.

WAR 15.71

기존 최고 기록인 1986년도 선동연의 15.3을 뛰어넘는 역대 KBO 최고 기록이었다.(경기 수 미보정)

한정훈은 작년 시즌 선발로 뛰며 대체 선수 대비 16승에 가까운 승리를 팀에 안겨주었다.

실제로 25승(포스트시즌 2승 포함)을 거두며 팀의 포스트시즌 진출에 절대적인 공헌을 했다.

그런 점을 감안해 박현수 단장은 800퍼센트의 인상률을 책정했다.

그리고 개인적으로 박찬영 대표에게 미안한 마음을 전하며 한 가지를 약속했다.

한정훈이 올 시즌에도 좋은 활약을 펼친다면 그때는 화끈한 연봉 인상을 보여주겠다고 말이다.

그런데 고작 100퍼센트라니.

이건 한정훈을 모욕하는 소리나 다름없었다.

"그럼 얼마를 주잔 소리야."

김일도 사장이 앓는 소리를 냈다.

한정훈의 연봉 인상 요인이야 모르지는 않지만 그렇다고 작년처럼 800퍼센트를 올려줄 수도 없는 노릇이었다.

"적어도 박병훈 선수보단 많이 올려줘야죠."

박현수 단장이 염두에 두었던 가이드라인을 제시했다.

메이저리거 박병훈.

그가 2년 연속 MVP를 탔을 때 기록했던 연봉 인상률이 127퍼센트였다.(2억 2천만 원 ─〉 5억 원)

2013년 시즌 당시 박병훈의 WAR은 7.0.

37개의 홈런과 117타점으로 소속팀을 포스트시즌에 진출시켰다.

반면 올 시즌 한정훈의 WAR은 18.56.

실로 어마어마한 성적으로 2년 연속 MVP와 투수 4관왕, 골든 글러브를 수상했다.

거기에 작년처럼 연말에 각종 시상식에서 대상을 싹쓸이할 가능성이 농후한 상황이었다.

무엇보다 한정훈은 한국 시리즈에서 홀로 4승을 차지하며 MVP까지 수상했다.

시즌 성적이 작년과 비슷한 수준이라 하더라도 우승 프리미엄과 포스트시즌 활약만으로 100퍼센트 인상이 충분한 상태였다.

그런데 시즌 성적마저 좋아졌다.

이대로라면 박찬영 대표와 최소 150퍼센트 인상안을 놓고 협상을 시작해야 할 것 같았다.

"그럼 얼마나? 130퍼센트?"

"박찬영 대표하고 직접 협상하실 거면 그렇게 하십시오."

"끄응. 그럼 135퍼센트로 하자. 그래도 6억이 훌쩍 넘어."

"2년 동안 52승을 올린 투수의 가치를 6억으로 평가하다니. 존경합니다, 사장님."

"야, 인마! 비꼬지 말고. 그럼 뭘 어쩌라고? 네 돈 아니라고 300퍼센트 400퍼센트 올려줄까?"

김일도 사장이 버럭 소리를 내질렀다.

한정훈을 챙겨주고 싶은 박현수 단장의 심정을 모르는 바는 아니다.

하지만 어느 정도는 형평성을 고려해야 했다.

제아무리 한정훈이라 하더라도 연차를 무시하고 수십억의 연봉을 안겨주기란 눈치가 보일 수밖에 없었다.

그 점을 박현수 단장도 모르지는 않았다.

하지만 괜히 다른 구단 눈치 본다고 한정훈의 기분을 상하게 해봐야 득이 될 건 아무것도 없었다.

"사장님, 저 내년에도 우승하고 싶습니다. 내후년에도 마찬가지입니다. 한정훈 선수가 미국 가기 전에 최대한 우승하고 싶습니다."

"하아……."

"어차피 우리가 평생 데리고 있을 만한 그릇의 선수 아닙니다. 그럼 있을 때라도 생색 팍팍 내자고요."

박현수 단장이 우승을 들먹이자 김일도 사장의 눈빛이 흔들렸다.

정말로 내년에도, 내후년에도 우승을 할 수만 있다면 한정훈에게 연봉을 퍼주는 건 문제가 되지 않았다.

"자신 있어?"

김일도 사장이 한참 만에 입을 열었다.

"저 못 믿으세요?"

박현수 단장이 되물었다.

어지간해서는 허언조차 하지 않는 그가 3년 안에 한국 시리즈 우승을 노리겠다고 선언했을 때 그 말을 곧이곧대로 믿는 사람은 아무도 없었다.

하지만 박현수 단장은 그 목표를 2년 만에 이뤄냈다.

그것도 한국 시리즈 진출에서 끝난 게 아니라 한국 시리즈 우승까지 일궈냈다.

그런 박현수 단장이 세 시즌 연속 우승을 입에 올리고 있었다.

타이거즈와 라이온즈.

국내 최고의 명문 구단들밖에 이뤄내지 못한 어마어마한 성과를 말이다.

"좋아. 어디 한 번 해봐."

김일도 사장이 이내 마음을 굳혔다.

박현수 단장이 저렇게까지 말하는데 사장으로서 반대만 하고 있을 수도 없는 노릇이었다.

"절대 실망시키지 않겠습니다. 그러니까 사장님도 본사에 가셔서 큰소리 펑펑 쳐 주세요."

"그래, 까짓것 우승하면 될 거 아냐?"

김일도 사장의 승낙을 받은 박현수 단장은 곧장 베이스 볼 61의 박찬영 대표를 찾았다.

그리고 그날 오후 제2회 한미 올스타전의 대표팀 명단이 발표됐다.

to be continued

우지호 장편소설

빅 라이프

돈도 없고 인기도 없는 무명작가 하재건,
필사적으로 글을 써도
절망뿐인 인생에 빛은 보이지 않는데…….

어느 날,
그가 베푼 작은 선의가
누구도 믿지 못할 기적이 되어 찾아왔다!

'글을 쓰겠다고 처음 결심했던 때를
잊지 말게.'

무명작가의 인생 대반전!
지금 시작됩니다.

포텐
POTENTIAL

어떤 사물에는 그것을 오랜 기간 사용한
사람의 잠재된 능력이 고스란히 담긴다.
그리고 난 그것을 사용할 수 있다.

천재 디자이너, 죽은 이도 살리는 명의,
감성을 울리는 피아니스트, 바람기 가득한 첩보원.
그 누구라도 될 수 있다. 단, 애장품만 있다면!

달인의 눈으로 세상을 바라보는,
유쾌한 민호의 더 유쾌한 애장품 여행기!

내 안에 몬스터 있다

형상준 현대 판타지 장편소설

태양의 흑점 폭발과 함께 새로운 시대가 찾아왔다!

마나와 능력자, 그리고 몬스터가 존재하는 현대.
그리고 그곳을 살아가는 마나석 가공 판매업자 김호철.
평소처럼 마나석을 탄 꿀물을 마시던 그는
번개에 맞고 신비로운 힘을 각성하게 되는데…….

'내 안에서 몬스터가…… 나왔다?'

그것도 김호철이 먹은 마나석의 개수만큼 많이.

레벨 업 어게인

LEVEL UP
AGAIN

잘은 모르겠지만 과거로 돌아왔다.

최단 기간, 최고 속도 레벨 업, 노블레스 등급 클리어.
생각지 못했던 행운들에 시스템상 주어지는 위대한 이름,
앰플러스 네임까지.

모든 게 좋았다.
사랑했던 여자도 이젠 지킬 수 있을 것 같았다.

[앰플러스 네임 '빛의 성웅'이 성립됩니다.]

그런데 뭐냐. 이 요상한 이름은……?
나 그런거 아닌데. 아 진짜. 아니라니까요.

KILL THE DRAGON

킬 더 드래곤

백수귀족 현대 판타지 장편 소설

Wish Books

인간 VS 드래곤

지구를 침략한 드래곤!
3년에 걸친 싸움은 인간의 승리로 돌아갔지만
15년 후,
드래곤의 재침공이 시작되었다!

드래곤을 죽일 수 있는 건 오직 사이커뿐!

인류의 존망을 건 최후의 전쟁.
그 서막이 오른다!